Pétales d'un printemps buissonnier

Pétales d'un printemps buissonnier

Journal de confinement (mars - mai 2020)

Michèle Obadia-Blandin

© 2020 Michèle Obadia-Blandin

Éditeur : BoD-Books on Demand
12-14 rond-point des Champs-Élysées, 75008 Paris
Impression : Books on Demand, Norderstedt, Allemagne
Illustration : Debby Hudson
ISBN : 978-2-3222-3449-3

Dépôt légal : Juin 2020

*« Parfois, ce que l'on ne choisit pas dans la vie,
c'est ce qui nous sauve... »*
Edouard Baer (avril 2020)

Prologue

Depuis mon plus jeune âge, le journal intime a été un fidèle compagnon, un indispensable confident. Selon les événements qui ont jalonné mon existence, j'ai noirci de très nombreux cahiers d'une écriture serrée pour y consigner mes états d'âme.

Grâce à cette thérapie-plaisir, j'ai ainsi pu gagner des espaces de liberté intérieure et me délivrer du trop-plein d'émotion qui m'étouffait.

Force est de constater que j'écris beaucoup plus en périodes extrêmes de ressentis exacerbés qu'en phases sans aspérités.

Ainsi, lorsque des épreuves (deuil, déceptions, dépression, etc) ont surgi, le fait de poser des mots sans filtre m'a aidé à traverser la tempête. À « alléger » et expurger la douleur.

Aux antipodes, lorsque des instants de bonheur ont embelli ma vie, j'ai eu une folle envie de consigner ce bien-être afin de le vivre encore plus intensément et d'en garder une empreinte. Pour après.

Entre les deux, lorsque la vie a déroulé un fil un peu trop lisse, le besoin et l'envie de prendre la plume se sont faits moins pressants. Comme il ne se passait rien ou presque, que l'existence était monotone, sans hauts ni bas, mes mots se sont raréfiés.

Toute règle ayant par essence des exceptions, lorsque le coronavirus a toqué à la porte de la Planète, j'étais dans une tourmente personnelle extrêmement aiguë. Un tsunami venait de me balayer et m'avait laissée KO. J'étais au fond du gouffre.

Dévastée au point de ne plus avoir la force d'aligner le moindre mot sur mon plus fidèle compagnon-confident.

Puis l'épidémie a pris de l'ampleur. Elle s'est muée en pandémie. Le confinement a été instauré.

J'ai saisi l'occasion, si je puis dire, pour me remettre en selle et reprendre l'écriture délaissée suite aux ravages du cataclysme évoqué ci-dessus.

« *Parfois, ce que l'on ne choisit pas dans la vie, c'est ce qui nous sauve...* », comme le dit Edouard Baer de façon bouleversante dans une vidéo postée au cours de cette période agitée. En ce qui me concerne, le mot n'est pas trop fort. L'enchaînement des turbulences (chaos intérieur et confinement, tous deux ayant été subis autant que subits) a été l'élément salvateur de ma reconstruction.

L'idée de tenir un journal de confinement n'était certes pas originale. Mais elle m'a attirée. D'abord, parce que je suis à l'aise avec la spontanéité, la transparence et l'introspection inhérentes à l'écriture d'un journal. Ensuite, parce que je souhaitais garder une trace de cette période inédite. À l'image d'un carnet de voyage intérieur.

Je ne voulais pas seulement être spectatrice d'un défilé de semaines uniformes et informes, mais y participer un tant soit peu. À ma façon.

Le challenge était de composer un tableau reflétant fidèlement mes ressentis, mes impressions, mes réflexions, mes émotions. Je voulais dépeindre chaque jour sans filtre. Sous sa lumière propre. Suivant sa tonalité dominante. Que celle-ci soit sombre ou éclatante, opaque, opalescente, noire, blanche, grise ou transparente, pâle ou flamboyante, irisée, mate ou brillante... Je souhaitais que ma plume-pinceau mêle les couleurs en piochant sur une palette infinie.

En réalité, je n'ai picoré que cinquante-deux nuances sur les cinquante-cinq que compte ladite palette, puisque je n'ai commencé à consigner mes états d'âme qu'au quatrième jour de confinement.

J'ai d'abord commencé en écrivant pour moi, et moi seule. C'était bref, laconique, rugueux, basique. Presque primaire et lapidaire. Brut de fonderie.

Puis, très vite, j'ai partagé mes pensées avec deux amies (Maryse et Patricia) et avec Mirna (la psy qui me soutient depuis le raz-de-marée qui a failli m'engloutir en début d'année). La narration est devenue interactive. L'expression s'est diluée. Le style s'est enrobé. Les pensées ont pris plus de corps et d'ampleur. Les obsessions un peu moins.

Le quatorzième jour, j'ai eu envie de dévoiler mon quotidien sur Facebook, en squeezant les passages jugés trop personnels. Ce partage public a été une étape importante.

La cabotine qui sommeille en moi s'est (re-)mise à écrire « beau ». Mes mots sont devenus plus élégants. Mes ressentis se sont parés de fantaisie (un brin déjantée) ; de poésie aussi. Écrire n'était plus seulement utile. Cela procurait aussi du plaisir. À une poignée de fidèles lecteurs autant qu'à moi-même.

Ce moment d'écriture quotidienne est devenu un *must*. Un instant de bien-être indicible.

Chaque jour, j'ai apprécié les encouragements et les commentaires bienveillants de mes « amis » réels et virtuels. Cela m'a énormément aidée à reprendre pied dans ma vie.

Il est temps de vous livrer le récit de ces moments si particuliers. Je n'ai pratiqué aucune censure, car je tenais à conserver l'intégralité de mes écrits, y compris les plus confidentiels. Ainsi, au hasard des jours, en filigrane du canevas quotidien, vous découvrirez par petites touches, des détails plus intimes. L'évolution de l'histoire personnelle dans l'histoire générale contribue à donner plus d'authenticité, de sincérité et de relief émotionnel à ce journal de printemps. Un printemps inédit, hors du temps et des sentiers battus. Un printemps que j'aime qualifier de buissonnier et dont je vous invite à effeuiller les pétales à votre rythme.
D'avance merci pour votre lecture.

Mimi (en vie)

J4
(20/03/2020)

Commencer un vendredi, je n'ai jamais aimé. Question d'éducation et de stupide superstition. Mais la situation est suffisamment exceptionnelle pour ne pas s'encombrer de ce genre de broutilles.

Cela fait effectivement quatre jours que le confinement a démarré. Pour ma part, cela fait même sept jours, puisque je ne suis plus sortie depuis vendredi dernier (vendredi 13). Encore un clin d'œil à la superstition.

Donc, depuis une semaine, je n'ai pas mis le nez hors de la maison. Pour l'instant ça va plutôt bien. Il faut dire que je suis « habituée » à rester dans ma tanière. Et que mes activités ne se bousculent pas au portillon.

Mes journées s'écoulent *cool*. Je me laisse porter par le flot de la vie.

Je veux saisir cette « chance » pour creuser en moi. Plus profond. Pour mieux comprendre le sens de ma vie. Ma vie qui a volé en éclats ces deux derniers mois.

Heureusement, le mieux pointe le bout de son nez au bout de ce tunnel qu'ont été janvier et février de cette p..... d'année 2020.

Ce soir, je ne sais pas ce que me réserve l'avenir.

Une seule envie. Une seule certitude. Maintenir le lien avec ceux que j'aime. Avec ceux qui comptent pour moi. Avec ceux qui me manifestent de l'intérêt.

En d'autres termes, dire encore et toujours. Tant que je serai vivante.

Et si c'est un énième coup d'épée dans l'eau, presque tant mieux. Cela prouvera que D.[1] n'a rien dans le ventre. Pas une once d'humanité.

À demain. Pour un nouveau jour de confinement.

M.

PS : Je réalise seulement maintenant que le printemps débute aujourd'hui. Tu parles d'un printemps !

---

[1] D. désigne le prénom de la personne-tsunami dont je tiens à garder l'anonymat.

J5
(21/03/2020)

Samedi rikiki. Pas grand-chose de neuf. Rien fait ou presque. Juste une douche, lavage de cheveux, télé, pensées, coups de fil, Internet...

À peine envie d'écrire. Rien à dire.

Un vide encore plus abyssal. Sans réelle perspective.

Accumuler des mots. Agglutiner des phrases. Brèves. Lapidaires. Laconiques.

Je pense à lui. Encore et toujours. Pourquoi ?

Vais-je enfin arriver à mettre un point final ?

Si je devais téléphoner, que lui dirais-je ?

« *Bonjour D., en cette période trouble, grave, difficile, où chacun se retrouve face à lui-même, je t'envoie une pensée emplie d'ondes positives. J'espère que tu vas aussi bien que possible ainsi que ta famille. Je t'embrasse. J'hésite. Simplement envie de rajouter, peut-être de façon inutile, que ma porte reste ouverte.* »

C'est tout pour aujourd'hui.

Coronavirus ? Vous avez dit coronavirus ? Pfff ! Quelle vacherie, la vie !

À demain.

M.

J6
(22/03/2020)

Juste pour le partage.

Dimanche... qui ressemble furieusement à n'importe quel autre jour.
Dans le temps, on mettait des habits différents en ce jour, dit du Seigneur. Un Seigneur qui semble bien absent en cette période si trouble.
Donc, aujourd'hui fut un dimanche sans réelle aspérité. Sans relief. Juste un peu mal à la tête en cette fin d'après-midi. Je me suis habillée super *cool*. Très à l'aise. Si le confinement dure, je risque de perdre l'habitude de porter un soutien-gorge.
La belle affaire ! Mes propos sont oiseux. Je suis oisive. Heureusement, les oiseaux semblent heureux. La preuve, on les entend chanter dans les mégapoles. La nature, pardon la Nature, est (sera ?) la grande gagnante de cette gabegie.
Cet après-midi, j'ai re-re-re...vu « *La grande vadrouille* ». Comme tout le monde, je connais l'histoire par cœur, mais je ne me lasse pas des dialogues toujours aussi savoureux.
Sinon, ça tournicote sur l'autoroute du circuit émotionnel de ma pauvre tête. Tous les jours s'y courent « *les 24 heures du Manque* ». Dans un bazar total.
Eh oui, il me manque ! Grrr !!! Pourtant cela fait onze semaines précisément aujourd'hui... que je n'ai plus aucune nouvelle de lui. Je devrais l'avoir « oublié ». Re-grrr !!!
La semaine à venir sera décisive. Je le sais. Je le sens. Je le veux.

Demain sera un autre jour. Nous serons lundi. Qui rimera peut-être avec ravioli.

Allez, « *haut les cœurs !* », comme aurait dit ma regrettée amie Martine.

God bless tous ceux que j'aime.

M.

J7
(23/03/2020)

Très très bof aujourd'hui.

Nous voilà lundi, premier jour de notre deuxième semaine de confinement. Un lundi fade. Raplapla. Je n'ai strictement rien fait. Même pas une douche. J'ai honte.

Ce journal est décidément d'une platitude extrême. « *Ça se passe rien* », comme disait ma copine d'écriture Cathy. Et pourtant, il se passe tant de choses actuellement.

J'ai conscience d'écrire pour ne rien dire.

Mais je tiens bon. Je veux laisser une trace. Aussi minime soit-elle. Une trace de cette période inédite. Cette période où tous les jours se ressemblent tant que l'on risque de tout confondre à terme. Où les souvenirs ont tendance à s'amalgamer en une boule informe sans consistance, sans réalité. Avec juste une impression de temps hors du temps.

J'ai la sensation de ne pas être très claire. D'ailleurs, je ne le suis pas. J'aligne des mots, parce que c'est encore ce que je sais faire de mieux. Et ce soir, ce n'est pas brillant. Cet infiniment vilain petit déteint sur ma supposée imagination. Et D. dans tout ça ? Soupirs. Bof ! Ras-le-bol. Vivement la quille par rapport à cette histoire qui traîne en longueur. Qui n'en finit pas de s'étirer.

Allez, je m'engage officiellement à agir cette semaine. Foi de Mimi. Ouaf, ouaf, ouaf !!!

À demain. Si cette saloperie de virus le veut bien.

M.

J8
(24/03/2020)

Ma prose du jour.

Boudiou ! J'ai failli oublier de consigner mes multiples activités de ce mardi qui est passé en catimini.

Donc, aujourd'hui fut un peu gris, un peu froid. Je me suis hyper concentrée sur la préparation d'un artichaut et d'une paire de bottes (une de radis, une d'asperges). Waouh ! Je suis fin prête pour la prochaine saison de *Topchef*. Si toutefois je suis encore vivante. Vu les dégâts sournois de ce gredin de virus !

Sinon, je me sens mieux vis-à-vis de mon étau sentimental. Je n'en dirai pas plus. Mais je me comprends. Ah, ah, ah ! Je t'entends sourire, Patricia ! Mais je ne dirai rien. Quant à Maryse... Chut ! L'important n'est-il pas que je me sente mieux, à défaut de bien ?

Plus envie de parler de cela. Sauf si...

« *Next !* » ou plutôt « Au suivant ! », comme chantait Brel.

Sinon, le lot de nouvelles est toujours aussi anxiogène. Plus on avance dans ce confinement, plus j'avoue avoir peur. J'ai la conviction que je ne survivrai pas si le méchant petit virus me happe. Alors, *carpe diem* ! Et demain sera un autre jour.

Mais sachez dès aujourd'hui que je vous aime.

Ceci s'adresse à tous ceux qui ont une place dans mon cœur. Y compris à ceux qui ne devraient pas y être..

À demain. Peut-être !

M.

J9
(25/03/2020)

Un mercredi tout bouh !

À peine envie d'en parler. Un jour que j'aimerais vite oublier. Même pas quoi en dire. Quand tout est trop compliqué, il vaut mieux laisser tomber. Lâcher prise, comme on dit de nos jours. Et puis ras-le-bol de cette histoire qui se mord la queue.

Ce soir, je me sens « con ». Disons sotte, naïve. Et je m'en veux. Mais je m'en veux.
Un jour de confinement de plus. Beurk !
Je commence à saturer. Et dire que nous n'en sommes qu'au début. Ça me donne le vertige.

Je m'étais dit que sans réponse de sa part, ça m'aiderait à mettre un point vraiment final. Eh bien, je vais être exaucée. Maintenant, *yaka faukon*...
D'évidence, j'ai fait faux. Une fois de plus. Mimi : maître es *loose*. Bon, allez, on tourne la page. Quand il n'y a pas un brin d'humanité. Il ne reste qu'à tourner les talons et aller de l'avant.

J'ai conscience d'être embrouillée ce soir. Excusez-moi, les amies. *Sorry. So sorry...*
Demain sera un autre jour. Je vous aime.

M.

J10
(26/03/2020)

Voici la tonalité du jour.

Jeudi ? Dans le temps, on parlait d'une semaine idéale qui en aurait compté quatre. La bonne blague. C'était le jour *off* pour les enfants de ma génération. Une semaine de vacances. Sans école. En ce temps de confinement, les semaines comptent sept jeudis. Youpi ? Pas vraiment !

Pour revenir à aujourd'hui, ce fut aussi sympa que possible. Pas une journée rose bonbon, non. Plutôt jaune citron. À la fois tonique et un brin acide.

Une bonne séance (en vidéo) avec Mirna[2]. Une conversation vidéo itou avec ma cousine Sandra. Un peu de zapping télé et de surf Internet. Pas trop de nostalgie. Au contraire, je respire mieux par rapport au fantôme masqué qui a perdu sa « consistance ». Et même un embryon d'idée de ce qui pourrait être une histoire à écrire...

Mais nous sommes le 26, non ? C'est l'anniversaire de ma petite-nièce Ayana qui vit aux USA. Je vais l'appeler de ce pas. Dix-sept ans, la petiote.

---

[2] Mirna est la psychologue qui m'épaule depuis le début de cette année.

Photo L. Gould (personnalisée par mes soins)

À demain, les amies.
Je vous le dis et je ne m'en lasse pas. Je vous aime.
Je sais, Patricia, l'amour ne se crie pas, il se prouve...[3]

Mimi (qui va de l'avant sans regarder derrière (ouf !))

---

[3] Extrait d'une citation de Simone Veil :
« *Les erreurs ne se regrettent pas, elles s'assument. La peur ne se fuit pas, elle se surmonte. L'Amour ne se crie pas, il se prouve.* »

J11
(27/03/2020)

Très très bof today.

Un vendredi très bof. Sans plus. Ni moins. Serais-je arrivée à un tournant du confinement ? Possible, mais pas sûr.

Ce jour onze n'a aucune saveur particulière. Aucune couleur dominante.

Cela dit, je ne ressens pas de tristesse, pas d'ennui. Je me sens même bien par rapport à mon histoire au goût d'inachevé. Une impression de « légèreté » par rapport au poids que tout cela a représenté ces derniers mois. Mais je me sens encore bien fragile. Je sais que le chemin de la reconstruction risque d'être long. Je le ferai avec mes moyens. À mon rythme.

J'apprécie qu'un seuil ait été franchi. Aujourd'hui, j'accepte la fin de l'histoire. Ce que je n'étais pas arrivée à intégrer jusqu'à ce que je me libère en écrivant cette « lettre ». Maintenant, je me sens en accord avec moi-même. En congruence. Alignée.

Demain sera un autre jour. Un début de week-end qui va furieusement ressembler à un milieu de semaine. Ou à un début de semaine.

Bref, dorénavant, tous les jours se ressemblent. À nous de faire en sorte que chaque jour se distingue d'un autre en le structurant différemment du précédent et du suivant. J'dis ça, mais je n'y arrive pas vraiment.

Allez, haut les cœurs, les amies !
À demain.

M.

PS : Désolée, ma prose est encore plus plate que les autres jours.

J12
(28/03/2020)

Le titre du film dont je parle est : « Cœurs ennemis ».

Un samedi sans chichis.
Un voile de nostalgie chassé autant que faire se peut en regardant un film d'amour sur fond de fin de seconde guerre mondiale. Pas sirupeux. Terriblement réaliste et triste. Sinon, rien de bien particulier à signaler ni à raconter. Il a fait beau. Ce matin, j'ai passé un peu de temps sur ma balancelle. Celle qui m'inspire. Sans doute ses oscillations bercent-elles mon imaginaire. Je commence à poser (mentalement) des jalons pour tisser la trame d'une longue nouvelle qui m'occuperait « utilement ».
Je vous tiendrai au courant. Bien sûr.

J'avoue qu'au cours du visionnage de ce film, mon esprit a dérivé. Projections, frustrations, regrets... Sans commentaires. Pas (encore) guérie, Mimi. Mais j'ai confiance. Je vais y arriver. Petit à petit, je vais défaire le nid de l'illusion.

Côté coronavirus, aujourd'hui, j'ai évité de trop y penser. De me focaliser sur l'anxiété que cette situation extraordinaire génère. Mais ce soir, je regarde les chaînes d'info. Peux pas m'en empêcher.

Dire que nous changeons d'heure cette nuit. Cela a totalement été occulté en ces temps si sombres. Les jours vont paraître encore plus longs ou plus courts ? J'sais plus. Grrr !!!

Quand le cercle a décidé de tourner sous une forme vicieuse, il s'obstine.

Juste pour terminer sur une note un peu gaie. Ce soir, Gilles[4] va faire des coquillettes au jambon façon risotto. Soirée régressive en perspective.

Je vous envoie une brassée de bises virtuelles emplies d'amitié bien réelle.
À demain, je l'espère.

Mimi (un *chouya* boule au creux de la gorge)

---

[4] Gilles est mon mari.

J13
(29/03/2020)

Les mots du jour.

Un peu de retard ce soir pour donner la tonalité de ce deuxième dimanche de confinement. Une tonalité bien difficile à cerner. Aucune couleur n'émerge franchement. Ne se distingue vraiment. Un dimanche blanc. Transparent.

Hormis le changement d'heure, le quota de coups de fils désormais quotidiens, et le *schrogneugneu* qui pointe le bout de son nez à de nombreux bouts de champs (sans commentaires) rien de particulier à signaler. « *Rien à dire...* », comme ont pu l'écrire certains (j'me comprends).
Désolée mes amies. Ce soir, pas top top.
Gageons que demain sera un autre jour. J'dis ça, j'dis rien...
Je vous serre dans mes mots.

Mimi (toute molle)

PS : Ah si ! J'ai visionné une vidéo très intéressante de Natacha Calestrémé à propos de la clé de l'énergie. Cela m'a ouvert une porte que j'ai envie de pousser. Je vais commander son livre et vous en reparle dès que possible.

J14
(30/03/2020)

Depuis plusieurs jours, je me livre à l'exercice du journal de confinement. Je sais, je ne suis pas très originale. Mais cela m'aide à structurer (un tant soit peu) toutes ces journées qui se succèdent et se ressemblent furieusement.

Jusqu'à présent, je ne partageais mes pauvres mots qu'avec deux amies. Peut-être parce qu'ils révélaient un ressenti trop personnel. Trop intime. Mais ce matin, le ton étant plus léger, j'ai envie de vous les adresser[5].

Passez une belle journée. Prenez soin de vous.

That's all folks ! (Je ne mets aucune émoticône. J'peux plus les voir...)

Aujourd'hui, je prends de l'avance. J'écris le matin. Sans savoir quelle sera la teneur de ce lundi qui risque fort de rimer avec ravioli. Eh oui, Gilles adore acheter (et manger) des raviolis ! Trêve de plaisanterie.

Ici, rien ne bouge. Mes pensées semblent à l'arrêt. J'ai l'impression que ma tête est emplie d'une sorte de fromage blanc granuleux. Remarquez, le broccio c'est bon aussi.

Je vais finir par ne parler que de bouffe. Ce qui n'a jamais représenté l'essentiel à mes yeux. Mais sûrement de l'intérêt pour mon estomac et mon système digestif.

---

[5] J'ai commencé ce jour-là à partager mon journal sur Facebook.

Donc, pour reprendre le cours de ma « *drôle de vie* », comme pourrait le fredonner Véronique Sanson, j'ai envie de poser des mots. Juste pour le plaisir de jouer avec eux. De les assembler comme ils viennent. De les unir. Pour le meilleur et pour le pire ! Vive la créativité de l'ennui !

Pouah, quel vilain mot : « ennui » ! Ce substantif est presque aussi moche que l'adjectif : « raisonnable ». Celui-ci, je le déteste. Comprenne qui pourra.

Donc, faisant fi de l'ennui et de la raison (sans raisons), je vais vaquer à mes occupations (le tout est de savoir lesquelles). D'abord me doucher. Ensuite, faire à manger (on revient aux fondamentaux), surfer au gré des vaguelettes du Net, téléphoner à hue et à dia, commander un livre, des filtres *Brita* et de la parapharmacie... Bref, des « choses » hyper passionnantes.

Je file donc sous la douche et vogue la galère !

À plus tard, les amies. N'oubliez jamais que je vous aime. J'sais bien que j'vous l'ai déjà dit, mais j'vous le dis quand même... Tiens, on dirait du tonton Bruel !

Je vous embrasse (et toc pour les gestes barrières).

Mimi (en mode lundi choisi)

J15
(31/03/2020)

Juste parce que je ne veux pas louper un seul jour. Mais sincèrement, je n'ai rien à dire aujourd'hui. Sorry, mes amis.

Mardi qui titille. Mal de dents. Mal dedans. Pas *cool* et sûrement transitoire. Du moins, je l'espère.
Sinon, rien de particulier à raconter. Une journée vide. Qui sonne creux. Toute ressemblance... Bla-bla-bla.
Voilà à quoi ressemble un journal de confinée quand « *ça se passe rien* », comme disait ma copine Cathy.
À peine deux ou trois coups de fil, une once de télévision (marre des infos qui bouclent dans un bain d'anxiété), quelques vidéos intéressantes (Natacha Calestrémé dont j'ai commandé deux bouquins qui me devraient être livrés la semaine prochaine. On peut toujours rêver).
Donc, un mardi tout gris (au diapason d'une météo tristounette) à rapidement oublier. Beurk ! Décidément, je ne regretterai pas ce premier trimestre qui se termine enfin.
Allez, on reste motivé(e)s !

Désolée de vous « offrir » une prose aussi plate, les amis. Mais elle n'est que le reflet de la vie qui s'écoule ploc, ploc, ploc (voire plouf, plouf, plouf).
Juste pour clore sur une note plus gaie, je vous envoie un bouquet de roses sous mes mots moroses.

Photo Maëliss Demaison

Bises échappées à la *confinitude*. Ce mot n'existe pas ? Pas grave, je le crée juste pour le fun et sa sonorité à connotation absurde.

Mimi (qui souhaite sincèrement que le jour d'après soit meilleur que celui d'avant).

J16
(01/04/2020)

Je ne sais pas si cela sert à quelque chose, mais de temps en temps (pas forcément tous les jours), je vous fais partager un peu de mon journal de confinement. Juste quand le ton est acceptable.
Prenez soin de vous en ce seizième jour de confinement (et ce n'est pas un poisson d'avril).

Mercredi ? Ouistiti. Allez, on sourit !
Ok, il y a peu de raison(s), mais si j'écris et si vous me lisez, c'est que vous êtes en vie, non ? Alors, c'est au moins une raison suffisante pour esquisser un sourire même si je n'ai pas grand-chose de réjouissant à vous raconter. Je dois l'avouer.

Aujourd'hui, je me sens mieux qu'hier. Mon mal de dents (voire dedans) semble s'estomper. Ouf ! Je respire (si je puis dire). Si on m'avait dit, un jour, que j'aurais une folle envie d'appeler mon dentiste, j'aurais ri, mais ri... Et pourtant, c'est ce qui me tenaille depuis hier. Que faire si mes douleurs dentaires perdurent ? Pas envie de me faire soigner par un autre praticien que le mien. Sauf si je n'ai pas d'autre choix. Il faudrait alors passer par le système d'urgences dentaires (plateforme *and co*). Comme il est urgent d'attendre, je vais prendre mon mal en patience à coups de *Doliprane* en espérant que le mal s'évanouira comme il est apparu.

Hormis ce micro événement sans grand intérêt, je regarde couler les journées à travers un sablier rétréci. Mes activités réduites à la portion congrue se déclinent mollement. Faudrait que je me bouge. Je ne suis pas sortie de chez moi depuis presque trois semaines. Car je me suis confinée un peu avant qu'on nous le demande. Ma dernière sortie remonte au vendredi 13 mars. Vu mes problèmes pulmonaires jugés sérieux, mes médecins m'ont incitée à la plus grande prudence. Donc, je reste sagement à la maison. Mais je commence à scléroser. Cet après-midi, malgré un temps un peu gris, j'ai l'intention d'aller marcher autour de chez moi. Histoire de dégourdir mes gambettes. De toute façon, il n'y a presque personne alentour. Donc, quasiment aucun risque de croiser quiconque.

C'est plat, un journal de confinée. Non ? Plat et pathétiquement raplapla.
Mais je m'astreins chaque jour à consigner la tonalité du confinement. Juste pour que chaque jour ne ressemble pas au précédent ni au suivant. Et pour en garder une trace. Pour plus tard. Si je m'en sors...

Allez, mes amis, haut les cœurs ! Je vous serre dans mes mots.
À bientôt. Sûrement.

Mimi

J17
(02/04/2020)

Voici la synthèse d'un jour aux pétales de rose pâle.

Un jeudi presque « *surbooké* ». ♫ « *Ohé, ohé !...* » ♫ (sur l'air du bal masqué).

Ça peut prêter à sourire, mais aujourd'hui, je l'avoue, je n'ai pas vu le temps passer. Les coups de fil se sont succédé (Mirna, Chantal, Maryse, Corinne, Pierre (vive les cousins !) et sûrement Eloïse ce soir). Chaque conversation m'a apporté un certain bien-être. Disons plutôt un mieux-être.

Le « problème » (allez, j'ose le vilain mot : l'obsession) qui m'étouffait depuis plusieurs mois s'estompe chaque jour davantage. J'ai la sensation de sortir enfin un peu la tête hors de l'eau. Après tous ces mois de « *sombritude* » et cette récente « *confinitude* » qui constitue la cerise pourrie sur le gâteau moisi, l'étau du lien toxique qui me taraudait se desserre peu à peu. Ouf ! Je respire. Et je sais de quoi je parle.

Cela dit, je ne crie pas victoire pour autant. Je sais que la reconstruction prendra encore un certain temps (pour parodier Fernand Raynaud). J'espère simplement qu'au bout de cette reconstruction, la vie voudra bien dérouler sous mes pas un joli tapis rouge. Peut-être même un tapis volant avec de chouettes franges.

« *Glissons sur les toboggans de glaise !* », comme le disait une très vieille amie de lycée.

Pour revenir à ce jeudi, troisième du confinement, je n'ai pas grand-chose d'autre à écrire. Si ce n'est remercier ceux et celles avec lesquels je reste en lien (et en vie). Que ce soit par téléphone, mail, via Facebook, WhatsApp... ou par un lien plus subtil, indicible et intangible d'âme à âme.

Vous m'êtes précieux. Je vous embrasse.
À demain, je l'espère.

Mimi

J18
(03/04/2020)

Quelques mots d'un vendredi à mi-chemin entre gris souris et rose-de-gris.

Un vendredi un peu fouillis au cours duquel le temps est passé en catimini.
Un jour un peu maigre, un peu creux, un peu vide.
Un jour qui incite l'esprit à sauter tel un kangourou monté sur un ressort tout mou. Si mou que les réflexions bondissent au gré des heures (pleines ou creuses) et qu'au final, ça ne décolle pas vraiment.
En clair, une journée au ras de la petite fleur blanche que je vous offre ici.

Peluche réalisée en laine cardée par Yulia Derevschikova

Vous avez remarqué ? Pour passer incognito, je me suis déguisée en *Bisounoursette*...

Mais, je vous sens impatients (rires en sourdine). Alors, je vous livre en vrac l'inventaire de ce vendredi rabougri.

Un ou deux coups de fil, une balade de vingt minutes autour de la maison (au cours de laquelle j'ai croisé deux chiens et une personne peu souriante), un film à suspense avec Richard Gere (autant se faire plaisir), un documentaire sur Léonard de Vinci (histoire de cultiver le jardin d'un cerveau ramolli), une once d'infos (à dose homéopathique sinon gare à « *l'anxiogenité* »), le griffonnage de quelques idées pour répondre à divers appels à textes... J'en oublie sûrement, mais cela m'a évité de focaliser sur mes bobos parasites et récurrents ainsi que sur « *l'étouffinement* » que ce virus couronné impose à la Planète.

Pour dîner, Gilles a prévu des vol-au-vent au poulet. Hum et hem ! La béchamel sera une grande première pour lui. J'avoue avoir des doutes. Je vous raconterai.

Quant à ce soir, je me réjouis d'un merveilleux programme télé. Énième épisode de *Koh Lantouille de la nouille* ou s'agitent de pseudo aventuriers, stratèges représentatifs des vils penchants de l'âme humaine. Idéal pour s'endormir. Sans commentaires.

Juste au cas où vous me prendriez au sérieux, ce dernier paragraphe s'inscrit au second degré, voire davantage.

Je vous embrasse, en espérant que votre vendredi a été aussi agréable que possible.

Mes bises sont certes virtuelles mais mon amitié est bien réelle.

À demain pour un samedi que j'espère moins rikiki.

Mimi

J19
(04/04/2020)

Je vous confie mes mots nullement déconfits qui apprécient d'être déconfinés de leur emballage.
Prenez grand soin de vous et des vôtres. Amen !

Samedi, youpi !
De quoi peut-elle se réjouir, pensez-vous ? Eh bien de rien en fait. Hormis le fait qu'il fait beau et que la vie continue en dépit de tout.

Dans le registre des petites satisfactions, je dois reconnaître que paradoxalement en cette période d'isolement forcé, je me sens presque moins seule qu'en temps normal. Presque mieux. L'adverbe « presque » pèse ici de tout son poids frustrant. Il n'en demeure pas moins que cette période de repli, propice à l'introspection me convient. Je mesure mes propos sachant par ailleurs combien le confinement peut être lourd et étouffant à bien des égards pour la majeure partie d'entre nous.

Ma nature casanière, un peu sauvage, peu encline à l'activité physique et aux sorties (fuites ?) à tout-va y trouve son compte. Sûrement.

Je referme cette parenthèse car j'ai conscience que mon ressenti puisse être mal ressenti, justement. Je pense à tous ceux qui marnent et se décarcassent pour aider leur prochain, ceux qui souffrent dans leur chair et dans leur âme, ceux qui galèrent, ceux qui s'ennuient, ceux dont l'existence s'apparente désormais davantage à l'enfer qu'à la vie... Donc parenthèse refermée.

Aujourd'hui, j'ai prévu une petite promenade digestive, comme hier. Juste pour dégourdir mes petites jambes et surtout aérer mes poumons ratatinés. Ensuite, je regarderai un peu la télé qui, à coup sûr, jouera parfaitement son rôle de substitut soporifique. Si je trouve une idée (et le courage d'ouvrir mon ordi), je démarrerai un texte pour un appel à textes sur le confinement. Et la journée aura coulé dans le sablier étriqué de ma vie qui tourne un peu plus au ralenti.

Je vous retrouve demain. Peut-être. Ou peut-être pas.
Je vous enlace au cœur de mes mots.
À bientôt. Ici ou ailleurs.

Mimi

PS : Hier soir, la béchamel de Gilles n'était pas bonne... elle était excellente. Comme quoi, mes doutes étaient infondés.

J20
(05/04/2020)

Suis pas sûre de continuer à partager sur Facebook les états d'âme de mon « palpitant » quotidien. Dites-moi si cela présente le moindre intérêt.
Bises dominicales.

Beau dimanche de printemps. Trop beau peut-être. Forcément, le bouchon du confinement a une frénétique tendance à sauter. Pschitt ! À l'instar des bulles d'une bouteille de champagne chahutée, les gens jaillissent de leur terrier de façon anarchique. Grrrr ! Mais cette année plus que jamais, en avril, il convient de ne pas se découvrir d'un fil et de se protéger. Je crains réellement pour le dicton de mai...

Mais revenons à aujourd'hui : dimanche 5 avril.
Aujourd'hui a la texture molle et dorée d'une cuillerée de miel crémeux (bio de préférence) qui s'étire à l'infini et qui colle sur toutes les parcelles d'une vie sans gouzi-gouzi ni gazouillis.
Aujourd'hui, je fainéante grave. Ou sévère, comme on dit de nos jours.
Aujourd'hui, j'avance au ralenti tel un koala shooté au *Lexomil*.
Aujourd'hui, j'écris. Comme souvent. Comme les autres jours de ce confinement au goût étrange. Au goût amer. Au goût de peur et de regrets.
Aujourd'hui, je repense à ce dimanche de janvier... Pas envie. Plus envie de dérouler la trame urticante de ces trois mois

aux allures d'éternité. Tant de choses ont changé depuis. J'ai grandi, certes. Mais à quel prix ! Allez, revenons à aujourd'hui.

Aujourd'hui qui ne rime pas à grand-chose. Sauf peut-être avec étanche ?

Aujourd'hui, je vais continuer à consigner mes idées pour un appel à textes sur le thème du confinement. Et pourquoi pas une mise en abîme en proposant ce texte précisément ? Je vais y réfléchir. Pas facile pour mes neurones de koala *schrogneugneu* ensommeillé sur le bord de son lit.

À présent, vu que les masques sont recommandés, le problème réside dans le fait de savoir où en trouver. Je crois que je vais me résoudre à en coudre un ou deux. Les tutos éclosent tels des bourgeons sur la toile en pleine effervescence. Je vous dirai.

Sinon, ce matin j'ai fait un joli gratin dauphinois (j'adore) et cet après-midi je m'endors sur mes lauriers.

Et vous, que faites-vous ?

Désolée pour la platitude de ma prose dominicale, les amis. Je vous embrasse affectueusement.

À demain pour un nouveau jour qui finit en « i ». Gageons qu'il rimera avec hardi.

Mimi

J21
(06/04/2020)

Voici la prose du lundi.
Bises (en mode moins rikiki qu'hier).

Et hop, nous voilà embarqués pour une quatrième semaine dans le train-fantôme du confinement ! Je n'ai jamais aimé les fêtes foraines, les grandes roues, les pommes d'amour trop rouges gorgées de sucre et les fils échevelés et évanescents des barbes à papa aux couleurs chimiques.

Aujourd'hui fut un lundi au soleil, pour plagier le regretté Père François. Un lundi que je souhaitais hardi (cf. les mots posés hier soir). Le fut-il ?

Oui, si l'on considère que passer une demi-heure à osciller au soleil sur ma « *balanseule* » et à cogiter à propos d'un futur ouvrage exutoire, relève de la hardiesse.

Promis, je vous en dirai plus si ledit ouvrage émerge un jour des limbes de mes neurones. J'ai déjà le titre, l'intrigue (mais pas la fin) et les prénoms de mes « héros ». Mais chut !

Étant adepte de la procrastination et aussi un peu velléitaire sur les bords, je ne garantis rien. D'autant qu'il me faudra passer à travers les gouttes (et les postillons) qui abritent notre nouveau « pote » *coronaschtroumpf*. Et là, ça se corse...

Bien sûr, je ne prends pas de risque et respecte un confinement hyper strict. Ma fragilité pulmonaire m'y oblige. Mais on ne peut jurer de rien.

Je n'ai pas grand-chose de plus à exprimer aujourd'hui.

Ah oui ! Je tiens à vous remercier pour votre support et vos encouragements. Ils réchauffent mon âme.

Une de mes relations amicales sur Facebook a posé une question à propos des envies de confiné(e). Je vous livre la mienne : rester en lien avec celles et ceux qui comptent pour moi et pour qui j'ai de l'importance. Allez j'ose ! Rester en lien avec celles et ceux que j'aime.

Et vous, quelle est votre envie du moment (dans le domaine du possible et du dicible évidemment) ?

Je vous envoie un bouquet de pensées saupoudrées d'amitié.

À demain.

Mimi

PS : Je n'ai pas encore écrit le texte à propos d'un appel à textes sur le confinement. J'y réfléchis ardemment. J'ai bien envie de proposer une vision fantaisiste. *Yapluka...*

J22
(07/04/2020)

Les mots de mardi.

Du fond de mon cocon douillet, je ne sais pas encore avec quoi va rimer ce mardi tout joli. Peut-être avec repli ? Ou rabougri, gri-gri, vert-de-gris ? Ou bien encore avec souci (la fleur, pas le tracas). Et pourquoi pas avec envie ? Oui, *en-vie* ! Car bon sang, c'est bien cela dont il s'agit. Rester en vie !

On a beau traverser des tempêtes, et même parfois souhaiter en finir (cela m'est arrivé sans jamais avoir le courage de franchir le seuil du désespoir), au final on s'accroche à sa p..... de vie. Je devrais dire : je m'accroche.

En ce temps si particulier, je sens l'épée de Damoclès se rapprocher. Chaque jour, l'effleurement glacé de sa lame vient titiller mon âme. Et je me dis que je si je dois partir maintenant (je suis sans doute un brin fataliste), je veux le faire en paix. Sereine. Sans regrets ni animosité d'aucune sorte. Et tant pis pour « ceux » qui n'ont pas répondu à mes appels...

Ma douce maman disait : « *il faut laisser les serpents mourir de leur poison.* » Sans doute. En l'occurrence, je ne veux pas (plus) perdre le temps qu'il me reste en vaines pensées. Égoïstement, je veux garder mon énergie pour ceux qui comptent et pour qui je compte.

J'ai le vertige quand je pense à l'utilité de ma vie. À l'inutilité, devrais-je dire. J'ai souvent l'impression et la sensation de n'avoir servi à rien. Et depuis plusieurs mois déjà, j'éprouve confusément un sentiment d'urgence. Inexplicable. Comme une intuition.

Est-il encore temps ?

Pas gaie gaie, aujourd'hui, Mimi. Pourtant, il fait beau. La Nature n'a jamais semblé aussi bien porter le printemps naissant. Je m'en vais égrener les heures de cette journée au rythme qui me conviendra. Je vais ranger la mollesse au placard, en extirper ma cape brodée de motivation et d'espérance, et m'en envelopper telle une oursonne de guimauve enrobée de chocolat. Et cette fois, plus de procrastination, cet après-midi, j'attaque par la face nord le texte de confinement [6].

Allez, « *haut-les-cœurs !* », comme disait ma très chère Martine, trop tôt disparue.

Pensées de paix pour vous. Pour celles et ceux que j'aime et que j'ai aimés...

À demain. Probablement.

Mimi

---

[6] Mon texte : « Respiration(s) » fait partie du recueil « La clarté sombre des réverbères - Opus 3 » (Thème : le confinement - Jacques Flament Éditions - mai 2020)

J23
(08/04/2020)

Et voilà ! Un jour de plus dans la besace.
Je vous envoie mille et une bises.

Mercredi bleu limpide. Lumineux. Le soleil ambré fait dégouliner ses chauds rayons sucrés sur ma maison. Dans mon jardin. Je pourrais être bien. Le devrais. Sûrement.

Et pourtant, je ressens une lourdeur sombre au creux de mon corps. Taraudante au cœur de mon âme. Comme une impression lancinante d'impuissance.

Je suis fatiguée d'entendre des nouvelles nauséeuses qui tournent sur le grand huit de mon cerveau sclérosé. Je me sens « con *in fine* ».

Allez Mimi, que Diable ! Bouge-toi ! Réagis ! Ce n'est pas une petite bête qui va manger la grosse. Hem ! Et pourtant, cela y ressemble bougrement. En un claquement de postillon, l'infiniment petit a réussi à déstabiliser l'infiniment grand.

Certains prient (je ne sais pas faire, car n'ai aucune foi) tandis que d'autres agissent. Je suis admirative et reconnaissante vis-à-vis d'eux. Un immense Merci à tous ceux qui se dévouent pour aider leur prochain.

Pour ma part, blottie au creux de mon cocon feutré, je ne sais pas comment apporter ma pierre à l'édifice. Je me sens bien inutile. Je ne suis qu'une spectatrice pétrie de pleutrerie observant l'arène où les vaillants et les bienveillants se battent contre le féroce *Coronus*, cette bête immonde, monstrueuse et invisible à nos pauvres yeux d'Humains.

Alors, je croise doigts, orteils (aïe !), bouclettes... et surtout les mots (ça, j'aime faire) pour que le monde vacillant ne s'effondre pas.

Allez, je veux y croire !

Hormis ces pensées du jour, ce mercredi fut sans réel souci. Sans grande activité non plus. En cela, rien de bien original. Une journée *lambda* qui ressemble à tant d'autres. Et dire que je voulais tenir ce journal justement pour que chaque jour soit marqué par sa tonalité. Pour que les semaines ne se diluent pas sur une palette de gris. Pouah ! Mon pari prend l'eau.

Allez, on se bouge Mimi. Dis-toi qu'aujourd'hui ne fut pas aussi gris que tu l'écris. Il y a forcément eu un peu de rose bonbon déposé sur les pétales de ton cœur d'incorrigible *Bisounoursette*. Allez, cherche bien. Tu vas trouver une raison de sourire.

Oui, c'est vrai. J'écris souvent que Mercredi rime avec ouistiti.

Ben tu vois, quand tu veux…

Je vous envoie tout plein de douceur(s).
À demain. Certainement.

Mimi

J24
(09/04/2020)

Un jeudi un peu particulier.
Bises en mode contact infini.

Le retour du jeudi... confiné, quatrième du nom.
Une journée en demi-teinte, à mi-chemin entre opacité et transparence, sourire et *schrogneugneunerie*, espoir (espérance ?) et découragement. Bref, un jour bof planté au milieu d'une semaine elle-même plutôt bof.
Et donc, me direz-vous ? Eh bien, euh... Je ne sais pas. De ce jeudi sans ressort, il ressort que je me sens comme un culbuto oscillant de mi-fugue à mi-raison.
Évidemment, j'ai le tournis sur ce manège désenchanté où Margot, Pollux et Zébulon ont perdu toute substance.

Que diriez-vous si nous nous évadions, l'ombre de quelques lignes ? Allez, laissez-vous entraîner loin des tracas *confinoïdes*.
Tournicoti, tournicoton !... Vous me suivez sur mon tapis volant bordé de franges magiques ?
Imaginez une pause dans votre vie hérissée d'épines. Une pause sucrée. Douce comme la caresse d'une plume. Dans un coin de votre jardin secret. Au cœur d'un endroit douillet. Appréciez l'air alentour. Humez cet air bienfaisant qui nourrit votre corps d'un bien-être indicible. Indescriptible. Cet air n'est pas si anodin. Il n'est pas si « normal ».
Il faut parfois en manquer pour l'apprécier à sa juste valeur. Alors, l'espace de cet instant suspendu, appréciez-le. Suavement.

Goulûment. Comme le symbole de la vie qui coule en vous. Et rêvez que tout va bien. Imaginez que tout ira bien...

Ouh là ! Je me suis lâchée. Excusez mon impudeur si je vous ai projetés hors de vos vies. De grâce, ne m'en veuillez pas. Mon intention était seulement de sauter vers une autre dimension en chevauchant des mots vecteurs d'images, de sensations, d'émotions. Je vous assure : je ne bois que de l'eau.

Après le kaléidoscope de ce jeudi surréaliste, peut-être certains ne souhaiteront plus me suivre sur des chemins trop alambiqués. Pour ceux qui continueront de cheminer sur ma route quotidienne jalonnée de mots paradoxalement confinés et déjantés, je vous dis à demain, qui sera Vendredi Saint.

Pour encore quelques minutes, je vais retrouver mon tapis volant garé sur le nuage échevelé qui ondule au-dessus de mes bouclettes indisciplinées. Ensuite, je reviendrai à la réalité.
À demain. Peut-être.

Mimi

J25
(10/04/2020)

Ce n'est pas parce qu'on n'a rien à dire qu'il ne faut rien écrire et ne pas communiquer. Alors voici les mots rétrécis de ce vendredi.

Il n'est pas si aisé d'écrire chaque jour sans se répéter. Surtout en l'état actuel.

Aujourd'hui a la particularité d'être qualifié de Saint. Pour ma part, au risque de passer pour une hérétique, cela n'a pas grande signification. Pour ne pas dire aucune. Désolée si je choque. Mais c'est la réalité. Donc, ce vendredi n'a aucune tonalité notable. Ni sainte, ni rose, ni bleue, ni grise... C'est juste un jour de plus, passé du mieux possible.

Je suis néanmoins très contente de rester en lien avec mes collègues du yoga grâce au groupe WhatsApp que nous avons créé. J'ai également plaisir à converser avec ma famille et mes ami(e)s. Que ce soit par téléphone, mail ou tchat. Mais cette existence confinée manque singulièrement de relief. Je ressens l'impression confuse d'évoluer en mode réduit dans un monde aplati, voire raplapla. Le quotidien ressemble désormais à une pellicule photo qui se déroule sans aspérité. Comme si l'espace vital était réduit à deux dimensions, alors que l'univers en compte « habituellement » trois spatiales et une temporelle, sans compter les dimensions spirituelles. J'ai beau mettre des lunettes 3D, ça ne marche pas. Ma vision de la vie est rétrécie.

Pourtant, il fait très beau. Et chaud. La Nature explose de bonheur. Mais bon...

Demain sera un autre jour. Assurément.

Je vous envoie un bout de bisou.

Mimi (réduite à une *Bisounoursette* en mode repli)

PS : Aucune mention des non-activités du jour, car aucun intérêt.

J26
(11/04/2020)

Voici ma vision de ce samedi que je voudrais vite voir fini. Je vous envoie une bise grappillée au temps qui passe au ralenti.

Un samedi que je vais découper en rondelles de temps.

Ce matin, il n'est que neuf heures et je me sens déjà chiffonnée en dépit de l'excellente nuit imprégnée de sommeil qui a régénéré la « machine ».

Je devrais « péter le feu ». Pardon pour la trivialité de l'expression. D'autant que le ciel est d'un bleu limpide et que la luminosité est éclatante. Dame Nature chante par tous ses pores un bien-être épanouissant. Dans ce petit paradis, même les fourmis semblent ravies.

Alors pourquoi ce brin de *saodad* au creux de mon corps ? Certains comprendront. D'autres pas. Moi, je pense en connaître la raison mais je n'ai aucune marge de manœuvre pour agir. Aucun levier pour alléger ce spleen lancinant. Alors, il faut faire avec. Ou plutôt sans. Et même sans commentaires.

Après ce paragraphe qui ne fait pas avancer le schmilblick d'une once de *iota*, je vais vaquer à mes occupations matinales qui sont si nombreuses (sourire espiègle sur fond d'amertume) que je ne peux les énumérer ici.

Donc, à tout à l'heure.

Me revoici en milieu d'après-midi. Le « brin » de spleen matinal ne s'est pas atténué. Bien au contraire. Ce samedi s'étire comme un huit aplati, une sorte d'infini. Tout ou presque me ramène à... Grrr !!! Comme si l'univers jouait à cache-cache avec moi en foisonnant de synchronicités presque impalpables. Au détour de détails apparemment insignifiants je replonge dans la nostalgie. Immanquablement, mes pensées se muent en ruminations maussades. Moroses et épuisantes. Re-grrr !!!

Je crois avoir franchi un seuil aujourd'hui. La lassitude qui me grignote depuis un certain temps m'a carrément engloutie. Le manque de projet et de perspective me donne le vertige. En dépit des rituels que je m'impose pour structurer le quotidien, je me sens happée dans une spirale géante au cœur de laquelle je glisse et tournicote telle une toupie désaxée.

Photo Martin Widenka

Inutile de détailler ici ces routines qui sont d'une banalité affligeante. Je m'y tiens néanmoins. Sinon, gare au laisser-aller !

J'ai conscience de la *tristounerie* de mes mots. Aux antipodes du temps magnifique qui baigne l'atmosphère. Mais ils sont le reflet de mon intériorité. Désolée.

Et maintenant, que faire ? Continuer à écrire au risque de vous lasser avec ma logorrhée ? Aller voir ailleurs si j'y suis ? Regarder la télé ? Téléphoner à une amie ? Dormir ? Partager ma prose ou la garder cadenassée au creux de ma tablette ?
À quoi servent mes mots ? À quoi sert ce pseudo-journal ?
J'ai comme une sensation de vide sidéral en ce samedi qui ne me dit rien. Mais rien du tout.

Mimi (un brin chafouine, vraiment gros le brin)

J27
(12/04/2020)

Et voici la prose du dimanche.
Sur les quatre objectifs du jour, déjà deux réalisés. Manquent plus que l'écriture du jour et la promenade. Youpi !

Comme les musiciens font des gammes afin de délier leurs doigts, les athlètes des exercices pour ne pas voir fondre leurs muscles, je tapote sur le clavier pour que les mots enchevêtrés dans mes réflexions ne finissent pas en bouillie.

Aujourd'hui, nous sommes dimanche de Pâques. Soit. Des fêtes comme nul n'en a jamais vécu. Sans repas de famille (du moins pour ceux qui respectent la règle du jeu, bien que le confinement ne s'apparente pas du tout à un jeu, sauf peut-être celui de cache-cache), sans bénédiction papale grandiose, sans chasse aux œufs, sans chocolat à partager... En fait (prononcer en faîte, juste pour l'assonance), ça ne ressemble à rien une fête sans fête.

Bref, comme le chantait le regretté Bashung à l'attention de Gaby qui, dois-je le rappeler, est bien plus belle que Mauricette qui est coiffée comme un pétard sans allumette :

« *Alors, à quoi ça sert la frite si t'as pas les moules*
Ça sert à quoi l'cochonnet si t'as pas les boules ? »

Ça marche aussi (mais en moins aigu et moins grave aussi) si tu te demandes : à quoi ça sert les boules si t'as pas le cochonnet ? Parole de bouliste en manque.

Mais revenons à nos moutons. Ou plutôt à notre agneau pascal. Joli prénom qui me rappelle le fils de... Bref.

À midi, sur ma table de festin sans fête, point d'agneau, mais certainement des petites galettes de pommes de terre, *homemade by* Gilles. Elles sont assez moyennes et manquent singulièrement de sel et de caractère. Mais ne lui répétez pas, il en est très fier. Et je le remercie de prendre soin de moi en cette période où je ne côtoie (en vrai) aucun autre être humain.

Je l'ai déjà dit et le répète, je suis une sérieuse candidate pour ce glouton de *Coronus*. Alors, je reste prudente, recluse dans ma prison dorée. Amen !

Je n'ai rien prévu de bien précis aujourd'hui, sauf mes quatre objectifs quotidiens auxquels je me tiens : me laver, m'habiller (surtout pas de pyjama diurne), promener autour de la maison pendant une vingtaine de minutes, et écrire mon journal.

Je vous envoie une pensée cotonneuse très délicate et un bisou de dentelle.

À bientôt. Peut-être même à demain.

Mimi (à l'abri dans son cocon)

J28
(13/04/2020)

Mots du lundi. Bises du lundi. Mimi du lundi.

Lundi de Pâques. Tic-tac, tic-tac...
Aujourd'hui, peut-être plus que les jours précédents, les flocons du temps glissent sur les parois d'un sablier déformé. Le goulot d'étranglement se transforme au gré du confinement. Tantôt trop évasé, tantôt trop resserré, il laisse passer les grains du temps selon l'humeur du moment.

Quand les heures filent bien (parce que des activités, quelles qu'elles soient, structurent le quotidien) les instants se parent d'un voile rose pale, synonyme de pseudo bien-être. Mais quand les secondes s'étirent et s'agglutinent au point de se faire ressentir comme des minutes, voire des heures (pour cause de désœuvrement ambiant) l'ennui et la nostalgie prennent les rênes. S'ébroue alors un cortège de tiraillements, questionnements, frustrations, désirs inassouvis, envies irréalistes et irréalisables. Ces instants-là aux teintes vert-de-gris ont des allures de torture.

Au rythme de ce tic-tac, ma perception de l'existence actuelle oscille au diapason des heures pleines et des heures creuses qui se succèdent à un rythme qui m'échappe. Le confinement de ce lundi de Pâques ne fait que renforcer cette sensation duale.

Après ce préambule nébuleux et verbeux, je réalise que je n'ai pas dit grand-chose aujourd'hui. Ni fait grand-chose. D'ailleurs, pourquoi devrais-je me positionner dans le faire (verbe à tout faire précisément). L'essentiel ne serait-il pas plutôt d'être ? Voilà que je fais (justement) de la philosophie de bazar, maintenant.

Il est vrai que j'écris comme je pense. Vous vous en êtes sûrement rendus compte. Mais cette tendance à poser les mots comme ils viennent, sans filtre, sans plan, sans sens parfois... peut s'avérer déroutante. J'en ai conscience. Dès lors, je m'interroge sur ma nécessité d'écrire. Et surtout sur l'utilité et la pertinence de partager ma prose ici.

J'y réfléchis depuis plusieurs jours déjà. Et j'avoue hésiter à poursuivre l'expérience. Quoi qu'il en soit, j'écrirai parce que c'est important, presque vital pour moi. Surtout en ces instants si particuliers. Mais vais-je continuer à exposer mes mots ? Ce soir, je l'ignore encore.

Vos appréciations et éventuels commentaires sont les bienvenus pour éclairer ma faible lanterne.

Sur ces mots posés au gré de mon humeur quelque peu déconfite, je vous souhaite une belle soirée. Super, notre Président va faire son *show*, qui, dois-je le rappeler, *must go home*.

Je vous envoie une pensée hors du temps et une bise hors du confinement.

À demain. *Maybe, or not maybe ? That is the question.*

Mimi (circonspecte)

J29
(14/04/2020)

*Voici les mots du jour d'après.
Bises d'avril.*

Après le 11 novembre, le 11 septembre, voici le 11 mai. Le « 11 » des mois impairs semble faire recette en matière de date mémorable. Sait-on jamais ? Le 11 mai restera peut-être dans nos mémoires. Ou pas. Tant le Monde est gouverné à vue de nez, voire à « *pas-plus-loin-que-le-bout-du-nez* ». Ce n'est pas un scoop. Aujourd'hui, on peut affirmer que si notre Président est Jupiter, roi des dieux, il n'est pas Dieu lui-même.

À ce propos, j'ai un message pour Vous, mon Dieu. Si Vous existez (et que Vous me lisez), de grâce, retirez le mode avion de Votre smartphone afin de reprendre contact (et racine) en chacun de nous. Il est urgent de remettre une once d'harmonie au sein notre Humanité à la dérive.

Maintenant, j'dis ça, j'dis rien. C'est juste une bouteille de mots lancée à l'Univers.

Aujourd'hui, nous sommes mardi. Un mardi qui sourit aux gazouillis des roses du jardin. Ça ne gazouille pas les fleurs ? Oui. Peut-être. Et alors ? Si moi j'ai envie que les oiseaux bourgeonnent et que les feuilles des arbres ronronnent ? Au Diable, la sémantique (pardon, mon Dieu) ! Ce sont juste des mots. Le plus important est la musique intérieure qu'ils suscitent. L'émotion qu'ils font naître en nous. Vous en pensez quoi, vous ?

Pour revenir aux considérations ici-bas, je vous envoie une pensée puisée au cœur de mes roses.

Rosier sauvage de mon jardin

Je vous embrasse du creux de ce mardi que je vous souhaite sans soucis. Sûrement est-ce un vœu oiseux. Mais je prends ce parti.
À demain.

Mimi (mi-Mi, mi-Mi)

J30
(15/04/2020)

Mots d'enfant.

Mercredi, jour des enfants. Bien qu'actuellement, cette particularité n'en soit plus une. Tous les jours de la semaine se fondent dans le chaudron d'un confinement bouillonnant d'incertitudes et d'oscillations de moral. Chacun ondule à son rythme. Comme il peut.

Comment alléger la pesanteur d'un quotidien de plus en plus restreint ? À quel projet s'accrocher pour tenir ? Encore et encore. Sans date butoir certaine. Le regard (extérieur autant qu'intérieur) se perd sur une ligne d'horizon de plus en plus difficile à cerner. Même lorsque l'imaginaire a une tendance naturelle à déborder, il se heurte aux confins de la vraie vie.

Je me suis souvent demandé ce que je ferais si je possédais une baguette magique.

En toute fin d'année dernière, je fourmillais d'envies et de désirs. Mais les premiers mois de 2020 ont été d'une platitude désertique à ce niveau. Aucun commentaire.

Toutefois, depuis le confinement, l'idée aussi sotte que grenue de ladite baguette me (re-)turlupine. Que ferais-je si j'en avais une ?

Je pense que la plupart des personnes confinées demanderait d'exaucer des vœux tels que prendre un café ou un apéro à la terrasse d'un bistrot, déjeuner au soleil entre amis dans un restau sympa, se promener en famille au bord de la mer, en forêt, à la campagne, à la montagne, ou même en ville, toucher et serrer dans leurs bras ceux qu'ils aiment, les embrasser, voyager, nager... vivre en vrai, quoi !

Mais moi ? Aujourd'hui, j'avoue ne pas savoir répondre précisément à cette question. J'aurais peut-être juste envie de continuer à respirer du mieux possible pour pouvoir rester en lien avec ceux que j'aime et qui m'aiment. Ce que je fais déjà. À peu près.
Et vous, que feriez-vous d'une baguette magique en ces temps contraints ?

Allez, je vais goûter. Rien de tel qu'un brownie au chocolat pour se redonner un coup de peps.
Au détour de mes divagations, j'aimerais bien croiser Joséphine (l'ange interprétée par mon homonyme qui arrange tout d'un claquement de doigt). Et qui sait ? Elle pourrait me guider pour dégoter une baguette magique. Dans mon jardin, ou... en moi.

Je vous envoie tout plein de pensées tendres et chaleureuses.
À bientôt. Peut-être même à demain.

Mimi (qui rêve d'un autre monde... à l'instar de l'héroïne de son dernier roman[7]).

PS : Rien à dire (comme dirait certain...) à propos des activités de la journée. La routine ne m'a jamais semblé aussi routinière. Mais après la pluie vient le beau temps, n'est-ce pas ?

---

[7] « Je rêvais d'un autre monde... », roman historique (Books On Demand - janvier 2020).

J31
(16/04/2020)

Le jeudi, je dis des mots un peu fous. M'en fous.
Je vous aime.

Revoici jeudi. Pour la cinquième fois de cette période *confinementique*. Ne devrais-je pas plutôt écrire : *confinoïde*, *confinitive*, ou encore *confinesque* (parce que c'est grotesque et burlesque), voire *confinationelle* ? À ma connaissance, il n'existe pas d'adjectif pour décrire le ressenti d'un confinement.

Bien sûr, il y a « confiné » pour en décrire l'état, l'atmosphère qui rime souvent avec délétère, mais *quid* des émotions ? Pourtant, nous en éprouvons beaucoup en matière de contraintes, questionnements, bouleversements, revirements, ressources (c'est fou le puits de créativité que l'on peut découvrir en soi), cheminement, introspection.

Que restera-t-il donc de ce chamboulement *confinitique* ? En matière de néologisme déjanté, cet adjectif manquait à la collection mentionnée plus haut.

D'évidence, la façade de nos vies sera impactée. Nous sortirons en armure : masqués, gantés, caparaçonnés de visières. Les contacts sociaux seront de fait moins expansifs et chaleureux. *Bye-bye* les bises et les embrassades à tout-va.

Du fond de ma minuscule lucarne, je ne suis pas en capacité d'évoquer et encore moins de mesurer les conséquences économiques, psychologiques, éducatives... de l'épreuve que nous traversons. Toutefois, en ma qualité d'indécrottable

Bisounoursette, j'aime imaginer que le plus gros du chambardement (à l'image de la partie immergée de l'iceberg) se nichera dans notre intériorité. Une fois les pendules remises à l'heure, l'âme de l'Humanité aura grandi. Grâce à cette prise de conscience collective, les vraies valeurs réintégreront leur place. La réalité reprendra le pas sur cette foutue virtualité bardée d'écrans brouillés. Et la vie pourra reprendre. Pas comme avant. Mieux qu'avant.

Vous me pensez rêveuse ? Probablement. J'assume ce qualificatif. Car, je veux rester positive dans mes paroles, mes actes, mes pensées, même si cela relève de l'utopie ou d'un manque d'ancrage dans la rudesse de la vie.

Pour revenir à notre jeudi, jour charnière des cinq dernières semaines qui se sont enchaînées tels des wagonnets d'un train arpentant des montagnes russes, je dirais que celui-ci ne déroge pas à la règle. Il ressemble de façon saisissante aux précédents jeudis.

Il ne s'est rien passé. Ou peu s'en faut. Activités *ground* quasi zéro.

Sauf que j'ai enfin reçu les livres commandés à la *Fnac* dix jours plus tôt, que j'ai aussi reçu celui de mon amie Emma[8] (excellente auteure), que j'ai pris une décision importante concernant ma vie très personnelle, que mon voisin a fini de planter sa haie (ça, on s'en fout totalement), et que ce soir il n'y a

---

[8] « Chroniques d'une résilience » Emmanuelle Cart-Tanneur (Jacques Flament Editions - avril 2020)

rien d'intéressant à la télé (ça aussi, on s'en fout, d'autant que j'ai trois nouveaux bouquins qui m'attendent).

Je vous envoie une pensée ensoleillée de mon Sud.

J'espère vous retrouver demain. En attendant, *take care*, comme disent les anglo-saxons.

Mimi (en mode *conficionado* ou *-da* ?)

PS : Ce n'était pas la journée des néologismes ? Ah bon !? J'croyais.

J32
(17/04/2020)

Des mots tôt aujourd'hui. Un seul motto « respirez ! »

Aujourd'hui, vendredi, je vous dirai des mots bleus... Vous rendront-ils heureux ? Je l'ignore. J'en fais le vœu. Sans certitude aucune. Le chanteur est mort. Paix à son âme. Je n'appréciais pas précisément l'homme. Mais certaines de ses chansons m'ont émue. Et aujourd'hui tout particulièrement.
Bien sûr, je pense à D. Encore lui... Grrr !!!
Lui, que je ne peux qu'évoquer en pointillés, en filigrane, en catimini. Comme j'aurais aimé lui dire des mots bleus ! Je me souviens d'un matin où je lui avais envoyé une version de la chanson interprétée par Bashung. Bouleversant... Je m'étais promis de... Je lui avais promis... Et je tiens toujours mes promesses. Sauf quand la vie dépose des obstacles qui m'empêchent de les réaliser. C'est le cas. Mes ailes ont été coupées. Par sa volonté. Son attitude incompréhensible. Depuis, je volète comme je peux. Mal. Bas. Allez, Mimi, reprends-toi. Un jour, tu revoleras...

Je reviens à vendredi. Le ciel est au diapason des mots du jour, eux-mêmes en accord avec la rhapsodie de Monsieur Gershwin. Sur la palette azurée, le pinceau récupère une touche de clavier. Puis deux, et trois... Sans effort, presque comme par magie (bleue, cela va sans dire), les lettres s'assemblent, les phrases s'animent, les idées s'esquissent, les émotions se dessinent au détour d'un point où d'une virgule opportune. Il faut laisser les mots respirer.

Respirer... C'est sûrement le verbe qui semble décrire l'action la plus simple. La plus « facile ». La plus automatique. La plus essentielle. Et pourtant ! Quand le mécanisme s'enraye, on comprend combien cet acte peut devenir douloureux.

Il y a maintenant sept ans, on m'a diagnostiqué une fibrose pulmonaire idiopathique. Ce qui signifie sans cause identifiée. Possiblement une des conséquences du lupus qui m'a mordue en 2001 (triste année aussi). Depuis, je vis aussi bien que possible. Juste un peu au ralenti. Inutile de vous abreuver de détails.

Tout ce laïus pour rappeler que respirer n'est pas aussi anodin qu'il y paraît. Alors, apprécions chaque bulle d'oxygène.

Il est encore tôt ce matin. J'imagine que la journée va ressembler aux précédentes. Sans réel relief. Gilles qui s'est découvert des talents de cordon bleu a prévu de cuisiner des lasagnes pour midi. Je vous dirai.

Je vais téléphoner à mes amies et à mes frères, lire (un des bouquins que j'attendais), regarder les infos (beurk !), ranger un peu ma maison, me promener autour de chez moi. Une vie quasiment normale, au fond. Presque sans blues.

Je vous laisse sur fond de bleu. Évidemment.
Prenez soin de vous. N'oubliez pas.

Mimi (qui écrit au creux de son cocon bleu)

J33
(18/04/2020)

Visions d'un samedi au ciel voilé. Au programme : jeux de mots saupoudrés de jeux d'émoi. Sauf que la vie n'est pas un jeu. Quoique...

Cinquième samedi de confinement. Boudiou, comme le temps passe !

Nous voici arrivés au début d'une fin de semaine qui a filé au rythme d'un train-train aux allures d'omnibus en période de grève SNCF.

De façon concrète, le méchant virus a poursuivi sa virée machiavélique. Les chiffres s'empilent sur des courbes dont les (hauts) plateaux nous sont servis chaque soir au dîner.

Derrière ces graphiques, il y a des hommes et des femmes hospitalisés, d'autres en réanimation, et bien sûr des morts. Dans notre douce France, hier soir, on en comptait 18 681 (funeste palindrome).

Coronus fait toujours couler autant d'encre, de salive et de larmes. Les interrogations succèdent aux interrogations. Il est peut-être temps de cesser de nous prendre pour des bananes (comme le dit malicieusement mon ancienne petite voisine).

Bas les masques ! Ou plutôt haut les masques ! Encore faut-il en avoir. Ce nouvel or blanc, rare et précieux est désormais aussi convoité que les trésors cachés de nos livres d'enfants. Si Indiana Jones reprenait du service, sans doute ses aventures le lanceraient-il à la recherche du « *masque perdu...* ». Mais trêve de divagations.

Ce gredin de *Coronus* l'ignore encore. Mais (bonne) surprise pour lui ! Notre pays est prêt à l'accueillir à bras ouverts (disons bouche, nez, yeux) à partir du 11 mai. Date à laquelle, le sournois va reprendre du poil de la bête et « se refaire une santé » en naviguant à son gré. Rien de tel que le bouche à bouche pour se propager. Ce sera *open bar* pour l'ogre insatiable que j'imagine saliver en se frottant les picots, tant ça va se bousculer aux postillons.

On n'avait pas dit : « trêve de divagations » ?

J'arrête donc mon délire pour l'instant. Je reviens plus tard.

Me revoici. En fait, ce samedi se poursuit au rythme syncopé du train-train évoqué plus haut. Pas de déraillement. Pour preuve, l'illustration ci-dessous.

Photo William Daigneault

Je m'en tiens aux quatre objectifs de base (lavage, habillage, promenade, écriture du journal) en y saupoudrant quelques grains de fantaisie comme surfer sur le net, regarder un bon film, lire, téléphoner, penser, méditer, réfléchir...

Je vous laisse. Il y a un indémodable Louis de Funès à la télé cet après-midi. Idéal pour s'endormir et rêver.
Dites trente-trois. Respirez. Et vivez !!!
Je vous embrasse. À demain. *I hope so.*

Mimi (*confinante* confiante)

PS : Chose promise, chose due. Je vous ai dit hier que je vous ferais part de mon sentiment à propos des lasagnes *home-cooked by* Gilles. Roulements de tambours... Eh bien, disons, qu'elles étaient plutôt moyennes. Mais chut !

J34
(19/04/2020)

Des mots, des pensées, des sourires... ruisselant de pluie. Cherchez bien. À l'intérieur des perles de pluie, vous trouverez de la douceur et de l'amitié.
Je vous envoie un arc-en-ciel de bises.

Ciel gris perle. Perles nacrées de pluie. Pluie irisée d'ennui. Ennui vert-de-gris. Verre de gri-gri. Grisée, la brume des soucis s'évanouit. Inouï, un arc-en-ciel enlace le ciel. Ciel gris perle...
Bis...
Ter...
Je peux boucler ainsi à l'infini. Mais je vais arrêter le petit jeu. Nous sommes dimanche et vous l'avez compris, il fait un temps gris pourri.
Même en temps de confinement, ou peut-être plus que d'ordinaire, la pluie favorise l'ennui, le spleen, la *saodad*, la *babarote* (autrement dit : le cafard en niçois)...
Bref, mes mots risquent d'être un brin opalins pour déambuler le long de ce dimanche propice aux épanchements de nostalgie.

Que faire de plus ou de moins que les autres jours ? Peut-être un cocooning renforcé ? Dans ce cas, il me faut prendre garde à l'*encroûting*, version *XXL* dudit cocooning. Et du confinement à l'hibernation, il n'y a qu'un pas que l'oursonne (n'oubliez pas que je suis une *Bisounoursette* en puissance) qui sommeille en moi peut franchir allègrement. Donc, pas de coucounage excessif aujourd'hui.

D'autant que cette nuit, j'ai eu une prise de conscience qui m'a réconciliée avec moi-même. Je me sens (enfin) réalignée. Difficile d'en dire davantage. Juste besoin de le consigner. Pour ne pas oublier. Désolée si je parais quelque peu nébuleuse. Ce n'est pas voulu. C'est seulement un peu compliqué à expliquer. Compliqué et complexe. Ne m'en veuillez pas. Je n'ai jamais été une personne très facile à suivre. Moi-même, je me perds parfois. C'est dire...

Mais revenons à ce dimanche d'avril. Ce dimanche au ciel gris merle... pardon gris perle.
Non, Mimi, tu ne vas pas recommencer ton petit jeu ! Allez, du nerf ! Bouge-toi ! Ce ne sont pas quelques perles de pluie qui vont phagocyter ton énergie. Le ciel a le droit de pleurer. Lui aussi.
OK. Message reçu cinq sur cinq. Haut-les-cœurs !

Je vous embrasse de mon cocon « *dominicalme* ».

Mimi (qui s'esquive en « *catimimi* »)

PS : À la mi-journée, seulement une activité sur les quatre prévues quotidiennement Grrr !!! Faut vraiment que je me bouge !

J35
(20/04/2020)

Encore un lundi... Pas au soleil. Mais différent. Je vous invite à « voyager » au cœur de ce jour de plus.

Revoici lundi ! Nimbé de grisaille, ce jour m'a semblé désespérément déserté de vie. Je l'aurais préféré attrayant et sucré comme des pralines rosées. J'aurais ainsi pu le qualifier de croustillant, croquant, craquant. Juste pour atténuer l'actualité lancinante, éprouvante. Pour occulter qu'il s'agit d'un jour de plus dans l'éprouvette de l'expérience éprouvante que nous vivons maintenant depuis plus d'un mois.

Ce lundi a été tellement semblable aux autres ! Plat. Fade. Sans piment. Sans envie. Et si ?...

Il n'est peut-être pas trop tard. Attendez-moi. Je vais chercher la clé de la malle à mots qui dort au fond dans mon grenier. Vous êtes prêts ?

Et hop !

Embarquement immédiat pour la sixième semaine de confinement.

Mesdames et Messieurs, ici Mimi, votre commandant de bord, je vous souhaite la bienvenue dans la nacelle de mon ballon magique parfumé à la fleur d'oranger. Inutile d'attacher vos ceintures. Bien au contraire. Installez-vous confortablement dans votre cocon protecteur. Vous êtes prêts à décoller ? Destination : le lieu qui vous sied à l'instant « t ». Suivez votre désir, votre intuition, votre émotion du moment.

Et hop !
Peu à peu les murs du confinement s'estompent. Le quotidien se dissout dans les volutes d'un lundi un peu trop gris. Vous voilà aux confins de l'imaginaire.
À présent, promenez-vous tout votre soûl dans cet endroit de choix.
Magique, n'est-ce pas ?

Et hop !
Pour ma part, je pars visiter un coin inexploré de mon jardin secret.
Assise sur ma balançoire, je me sens bien. J'oscille lentement en humant les senteurs des fleurs. Mes yeux s'appesantissent sur l'éventail de pétales colorés qui se déploie autour de moi. Puis, paupières closes, j'écoute le souffle de la Nature, les trilles des oiseaux nichés dans les arbres aux feuilles frissonnantes, les rires d'enfants au loin... Je sens la fraîcheur de la pluie à travers les gouttes de rosée qui effleurent ma peau. Tout est harmonie.
Au creux de ma balançoire, vient s'asseoir un homme. Je pose ma tête sur son épaule. Son bras m'enlace. Il me sourit. M'embrasse. Tout est tendresse.
La suite... Quelle suite ? L'instant est intemporel. Éternel.
Je plane...

Mais le ballon magique perd peu à peu de l'altitude.
Les mots s'étiolent et s'éparpillent au gré du vent qui me ramène vers la réalité.

Mesdames et Messieurs, je suis au regret de vous informer que le voyage prend fin. Nous allons atterrir. Cette fois, attachez fermement vos ceintures et ajustez vos masques sur vos visages. Retour vers le foutoir !

Et hop !
Au contact de la terre ferme, mes mots se sont évaporés.
Subsiste le souvenir d'instants qui n'appartiennent qu'à vous et moi. Une sorte de parenthèse magique au cœur d'un lundi qui n'a pas été comme les autres.
Je vous envoie un bouquet de bises gourmandes.
À demain peut-être.

Mimi (impatiente de retrouver son ballon magique)

Photo Karim Manjra (Banksy Street Art)

J36
(21/04/2020)

Un tremplin de réalité, un brin de fantaisie, un grain de folie, une once de nostalgie. Mélangez le tout en saupoudrant d'un soupçon de rêve. C'est prêt. Dégustez !

Mardi VI. L'appellation ressemble à celle d'un monarque. Si j'en crois la Bible *wikipediesque*, il y a eu Henri VI dit « le Cruel », empereur du Saint Empire (roi de Germanie et de Sicile) au XIIème siècle, Charles VI dit « le Bien-Aimé », roi de France au XIVème, et encore bien d'autres.

Gageons que le règne éphémère de notre Mardi VI ne justifiera aucun surnom. Ces considérations historiques ne présentent pas d'intérêt fulgurant, je me tourne vers le ciel. Laiteux. Inébranlable, l'aiguille du baromètre reste figée sur « pas beau ». Drapée d'un voile d'indifférence, la météo déverse en catimini son flot de mélancolie.

Le printemps aurait-il déguerpi ? Non, pas lui ! Pas comme ça !

Tiens, cela me rappelle... une histoire qui s'est mal terminée. Il y a longtemps.

Mais que signifie longtemps ? Que signifie bientôt ? Je hais l'imprécision des adverbes et plus encore l'hypocrisie des péremptoires jamais et toujours.

Si vous avez quelques minutes, n'hésitez pas à relire le poème de Prévert intitulé : « *Au grand jamais* » dont voici les premiers vers :

« À la grande nuit, au petit jour, au grand jamais,
Au petit toujours, je t'aimerai.
Voilà ce qu'il chantait.
Son cœur à elle lui battait froid.
Je voudrais que tu n'aimes que moi.
Il lui disait qu'il était fou d'elle,
Et qu'elle était par trop raisonnable de lui... »

Aujourd'hui, telle une funambule, je marche à tâtons (non, pas à talons, incorrigible Mimi) le long des aiguilles du temps qui file à travers les mailles mal tricotées du quotidien brouillé et embrouillé. J'avance doucement. Trop peur du faux-pas. Celui qui me ferait tomber plus bas que le *patatras*. Aïe ! J'ai conscience de ne pas être très claire.

Désolée, les amis, de vous entraîner dans les dérives de réflexions énoncées à voix un peu trop haute.
Dans le temps, Maxime le Forestier s'était inventé un frère en chantant en conclusion : « *Ici, quand tout vous abandonne, on se fabrique une famille...* »
En cette période si atypique, parfois j'ai l'impression que le monde part en... grenouille. Alors, pour gommer de trop noires visions, j'aime façonner des histoires (belles de préférence) en assemblant des mots. Dans ma tête, sur papier ou écran, je me plais à agencer :
Des mots briques et des mots ciment.
Des mots fondations et des mots décoration.
Des mots images et des mots émotions.
Des mots d'amour et des mots d'amitié.

Des mots baume et des mots pansements.
Des mots couleurs et des mots senteurs.
Des mots cadeaux. Oui, de beaux mots cadeaux à offrir...

Car, au fond, que reste-il au bout du bout, si ce n'est le bien que l'on fait avec son cœur, sans attendre de retour ? À cet instant, je voudrais rendre hommage à ma douce Maman qui me disait souvent : « *Fais du bien, oublie-le* ». Alors, aujourd'hui, c'est avec beaucoup d'empathie et de plaisir que je vous offre mes mots.

Ce soir, Mardi VI sera mort ! Vive le roi suivant !
En attendant, je vous envoie une brassée de baisers.

Mimi (qui a peut-être abusé du philtre spécial confinement dont elle a récupéré la recette dans un grimoire niché au creux de sa mémoire)

PS 1 : Aujourd'hui, activités quasi nulles. De toute façon, il fait gris. Ça, je l'ai déjà dit. D'ailleurs, vous vous en foutez. Et moi aussi.
PS 2 : Un nombre et un chiffre me laissent pantoises. Hier soir, notre pays a passé la barre des 20 000 morts (très triste). Dans un tout autre registre, aujourd'hui le baril de pétrole côte en négatif (valeur inférieure à zéro dollar) ! Ce n'est pas une coquille ni un poisson d'avril tardif. L'or noir est désormais dans le rouge.

J37
(22/04/2020)

Un mercredi en demi-teintes. Mi-bof, mi-pfff !

Désolée, le ballon magique manquait d'inspiration aujourd'hui. Mes mots n'ont pas réussi à décoller de l'ornière du quotidien.

C'est la vie ! Comme on dit, quand on ne sait plus quoi dire d'autre.

Eh bien, nous voici arrivés à Mercredi, jadis béni des enfants. Pas forcément des parents métamorphosés en chauffeurs tous azimuts. Mais ça, c'était avant. Comme le clame le slogan d'une pub qui vante les mérites de... de quoi d'ailleurs ? Peut-être d'une assurance ou d'une marque de lunettes. J'sais plus.

En cette période spéciale, le mercredi ressemble en tous points aux autres jours. Il n'a plus aucune particularité. Hormis celle de se trouver à peu près au milieu de la semaine. Semaine qui elle-même est désormais aussi déstructurée qu'un tas de jours clonés.

Ce matin, les questions se pressent au cœur des réflexions. En tête de peloton, je me demande combien de temps il est (encore) possible de vivre (bien). Sans repères, sans perspectives, sans objectifs, sans projets, sans véritables contacts sociaux, sans aucun contact (comme nos cartes bancaires). Avec la peur de la maladie. La peur de l'autre. La peur de l'après.

On nous parle en permanence de crise sanitaire et de crise économique. Et la crise psychique ? Ou bien est-elle psychologique ? Quel que soit le qualificatif associé, cette crise-là est assez peu évoquée. Peut-être parce que difficile à appréhender et sans doute à mesurer. Pourtant, les dégâts risquent d'être colossaux. Les enfants, les couples (tous âges confondus), les personnes seules, les personnes dites âgées... Vraisemblablement, nul n'en sortira indemne.

Eh bien ! Pas gaie gaie, aujourd'hui, Mimi

Parce que c'est vous et pour conclure sur une note moins sinistre, voici le résultat du petit exercice auquel je me suis livrée ce matin.

Sachant que le confinement éclipse tout le reste, qu'il tient le haut de l'affiche et fait salle comble (si j'puis dire) dans le Monde entier, je me suis amusée (si j'puis dire, bis) à rechercher comment l'on nomme cet état d'enfermement dans les autres pays.

On parle donc de « *lockdown* » au Royaume Uni, « *shelter-in-place* » ou/et « *shutdown* » aux États Unis, « *contenimento* » en Italie, « ??? » en Allemagne, « *confinamiento* » en Espagne...

Je ne garantis pas l'exactitude de mes propos car j'ai eu du mal à mener à bien mon enquête via Internet. Ce genre « d'infos » n'étant pas aussi facile à dénicher que l'on pourrait le penser de prime abord. Il est vrai que cela ne présente qu'un intérêt limité. Sauf peut-être pour une poignée de fous-curieux de mots comme moi.

Je dois reconnaître qu'en guise de cerise sur le gâteau, ce surf linguistique m'a permis de grappiller du bon temps au cœur des heures qui s'étirent parfois en langueur aux quatre coins d'un quotidien restreint.

Il est temps de poser ma plume-clavier pour vaquer à mes autres occupations du jour.

Au programme : promenade (si le ciel s'éclaircit), rangement (j'vous raconte pas le bazar), lecture (polar psychologique captivant), télé (vision et phone)... Bref, à l'Est, rien de nouveau.

Bisous du Sud.

Mimi (sans qualificatif bien défini)

J38
(23/04/2020)

Mots d'un jeudi qui s'annonçait tout feu, tout flamme et qui s'est affaissé comme un soufflé mal cuit. Petit coup de mou dû au confinement. Sûrement.
Demain, le souffle reviendra. Foi de Mimi !

Youpi ! Pour fêter l'arrivée de ce jeudi, le ciel a revêtu sa splendide parure soleil et azur. Il était temps de virer l'affreuse étole laiteuse sous laquelle il a pleuré ces jours derniers. Alors, profitons-en ! Car, même en phase de confinement, le temps influe grandement sur le moral. Un temps à considérer autant sous sa facette climatique que dans sa dimension périodique. Peut-être même davantage dans ce dernier cas.

Ah, le temps !!! Inépuisable sujet sur lequel on pourrait disserter des heures entières. Rassurez-vous, je ne vais pas m'appesantir sur la perception de ce concept qui semble fuir ou s'éterniser selon les évènements. Pour faire simple, et court, je dirais qu'au fond, la géométrie variable de ce ressenti est fonction de la taille des trous. Quels trous, me direz-vous ? Eh bien, ceux de la grille du tamis qui sert à passer le temps...

Hem ! Bof ! D'accord, je sors de ce trou noir.

Cette parenthèse vaseuse et temporelle étant fermée, je reviens vers la lumière du ciel, souhaitant qu'elle éclaire ce jeudi de mots-fleurs cueillis au cœur de cette trente-huitième journée confinée.

Un peu plus tard...

Depuis ce matin, je prends, reprends et triture mon texte, dans l'espoir de voir éclore des phrases qui feraient sens. Rien n'y fait. Idées, images, sensations, impressions, réflexions se télescopent dans ma tête, mais les mots refusent de s'agencer pour les traduire. Comme je suis pugnace, je force mes doigts à chatouiller le clavier. En vain. Insensibles à mes caresses, les touches restent de marbre. Résultat : une prose pathétique aussi sèche qu'un vieux citron pressé jusqu'aux pépins.

À cet instant, je me dis qu'il vaut peut-être mieux jeter l'éponge. Lâcher prise, selon l'expression un peu trop galvaudée à mon goût.

Et dire, qu'une de mes relations amicales m'a qualifiée hier d'inépuisable !

Encore plus tard...

Je suis désolée, les amis, mais aujourd'hui, l'inspiration a déserté mes quatre murs. Sans doute, a-t-elle besoin de prendre une bouffée d'air frais. Elle aussi.

Je vais lui faire une attestation afin qu'elle puisse se régénérer tout en respectant les consignes, à savoir : pas plus d'une heure, dans un rayon d'un kilomètre maximum autour de la maison en se tenant à une distance respectable de tout postillon susceptible de la contaminer.

Allez, zou ! Bon vent, capricieuse !

Pendant que la diva reprend son souffle, je conclus ma page du jour en vous envoyant une pensée emplie d'amitié.

Je vous retrouve demain avec un peu plus de « jus ». Du moins, je l'espère.

Sous mes mots, vous trouverez un bouquet de bises parfumées.

Mimi (impatiente de récupérer sa verve)

PS : La journée a été belle. Même chaude. Elle a filé avec son quota d'activités exaltantes qui pourraient se résumer à un copié-collé de celles des autres jours. Courage ! La lumière existe sûrement au bout du tunnel.

J39
(24/04/2020)

Aujourd'hui, des mots un peu ébouriffés (comme mes cheveux, on dirait Einstein, le génie en moins !) pour amorcer un début de week-end que je vous souhaite le plus agréable possible.
Bouquet de bises ensoleillées.

« *Aujourd'hui, c'est vendredi et j'voudrais bien qu'on m'aime* », pour plagier Bashung qui suppliait Gaby. Oui, j'aimerais bien qu'on m'aime... Mais glissons sur ce vœu chimérique, car vendredi c'est aussi :

Le jour de Vénus, planète bien-aimée, censée symboliser l'Amour.

Le nom du compagnon de Robinson Crusoé, aventurier confiné sur une île pas tout à fait déserte.

Le jour synonyme de liberté, car veille de week-end. Aux États Unis, il existe même une chaîne de restaurants baptisée : « *TGIF* », acronyme de « *Thanks God It's Friday* ». Quand je travaillais (à l'ère préhistorique des dinosaures) dans une boîte américaine à la pointe de l'informatique, il était de mise de porter une tenue *casual* (traduire décontractée) ce jour-là. Le diable se niche dans ce genre de « détail ».

Le jour dit : Saint, maigre (vive le poisson !), fou, *black* dans sa version anglo-saxonne, et j'en oublie sûrement.

Le jour à l'aura mystérieuse, voire mystique. Quand le treize lui est associé, on peut s'attendre à tout. Au meilleur, comme au pire. Serait-il suppôt de Sat.., pardon de superstition ?

Le jour de mon cours de yoga, du pot entre copines et des petites courses en ville.

Je pourrais continuer à égrener les spécificités du vendredi, mais vous vous lasseriez.
Je retiens simplement que sous quelque couture qu'on veuille bien l'observer, ce jour se distingue des autres. Sauf en période de confinement où il ressemble à s'y méprendre à ses compagnons de cordée. La preuve : en me réveillant ce matin, j'étais persuadée que nous étions samedi. Demain qui s'inscrira dans une autre atmosphère. Puisque nous serons le quarantième jour de notre quarantaine.

Mais, revenons à aujourd'hui.
Le ciel est resplendissant. Un temps à faire baver d'envie une armée d'escargots confinés, condamnés au jeûne depuis trente-neuf jours.
Pour ma part, au risque de paraître extrêmement originale, je vais profiter de cette journée pour écrire, lire, ranger, regarder la télé, téléphoner, surfer sur Internet (seul sport dans lequel j'excelle sans être essoufflée), me promener... en attendant demain. Demain, qui, bien évidemment sera un autre jour.

Prenez soin de vous. Je vous aime.

Mimi (affranchie)

J40
(25/04/2020)

Mots d'un samedi sans soucis. Bon début de week-end nimbé de bises bleu-gris.

Samedi, quarantième jour de *confinerie* (et de confiseries). Pfff !

Si la langue française était respectée à la lettre, la « quarantaine » prendrait fin aujourd'hui. Mais il n'en est rien. D'ailleurs, même les complotistes à tout crin ne sont pas parvenus à étayer la moindre élucubration (la 5G a ses limites) pour « expliquer » ce hiatus. Car, le confinement devrait durer encore quinze jours.

La date du 11 mai serait-elle sortie du chapeau de Harry Potter ou d'un boulier de loto ? Mystère et noyau d'abricot !

Dès lors, comment garder le cap (et surtout le moral) d'une quarantaine de cinquante-cinq jours ?

Je n'ai évidemment pas de réponse. Quoique…

Ce matin, je me suis réveillée très tôt, au terme d'une nuit en pointillés. Sans commentaires. Je me sentais un peu à l'Ouest. Encore une curieuse expression. J'aurais pu faire la grasse mat' et me lever à huit heures, peut-être même neuf (soyons fous !), mais ce n'est pas trop mon truc.

Donc, j'allais me lever en songeant que ce début de week-end ne se distinguait en rien du reste de la semaine. À cet instant, les oiseaux du jardin se sont mis à pépier en chœur. J'ai alors clairement entendu leur message :

« Taratata, ma bonne Dame ! Quelle importance le nom et la place du jour. L'essentiel est d'être en vie, d'en prendre conscience, d'en apprécier chaque parcelle. Même celles qui paraissent infimes. Peut-être, surtout celles-ci... »

Rêveuse, au creux de mon cocon, j'ai pris le temps de poser ces mots soufflés par leurs trilles. Trois petits mots et je me suis levée pour apprécier cette journée. Pour la vivre, tout simplement.

Depuis que vous me lisez, vous l'avez sûrement compris, ma nature casanière s'accommode plutôt bien de la solitude et de l'isolement. Même si je bougonne souvent contre la monotonie des semaines qui s'enchaînent, je suis presque contente que le confinement dure encore deux semaines. La perspective de quinze belles journées de printemps chez moi pour mieux entrer en moi m'effraie moins que celle du déconfinement. Gare au blues, Mimi ! Gare au blues !

J'ai conscience d'être atypique dans ma réflexion, mais surtout privilégiée. Ce serait abusif de se plaindre quand on vit « l'enfermement » dans une vaste maison avec jardin. D'autant que mon mari s'est découvert des talents de marmiton et qu'il s'amuse à imiter le sympathique Cyril Lignac dont on ne loupe pas un seul rendez-vous (chaque soir de la semaine sur M6, un peu avant 19 heures). Les rituels, ça rassure.

D'ailleurs, j'ai même un peu grrrrossi. Grrr ! En cela, je ne suis plus du tout atypique, puisque la prise de poids semble être un corollaire du confinement pour nombre d'entre nous. Forcément, on reste à la maison, au bout d'un moment on tourne en rond (ou en rectangle, c'est plus courant dans les pièces d'un logement), on s'ennuie, alors on mange et fatalement on grossit puisque que l'on ne peut pas éliminer les calories engrangées. C.Q.F.D.[9].

Sur cette brillante démonstration, je vous laisse pour vivre pleinement ce samedi que je vais parsemer de jolies pensées pour celles et ceux que j'aime.
Belle journée, les amis, et haut-les-cœurs !
Je vous envoie des pétales de baisers.

Mimi (bien, aujourd'hui)

PS : Je passe sous silence les activités du jour. Elles n'ont rien d'original ni d'atypique par rapport à celles d'hier, d'avant-hier, d'avant-avant-hier... Pas grave. Tant que j'ai l'énergie et l'envie pour les réaliser. Au fait, le ciel est mitigé ce matin. Sa voûte varie entre gris, bleu, et bleu-gris.

---

[9] C.Q.F.D. est l'acronyme de : **Ce Qu'il Fallait Démontrer**.

J41
(26/04/2020)

Mots endimanchés. Juste pour sourire dans une parenthèse teintée de rimes sans raison.
Je vous embrasse très doucement.

Il y a quelques années, le Monde tenait (déjà) à un fil et France Gall à son rêve. Comme une prière, une supplique, un mantra, elle répétait à tue-tête : « *Débranche !* »
Alors, aujourd'hui, dimanche, je vais suivre son conseil.

>Ça tombe bien, le ciel est bleu pervenche.
>Sur la table, trône un bouquet d'orchidées blanches,
>Dans ma tête, déboulent de chouettes mots en avalanche.
>Au cœur de mon cœur, j'ai du bien-être en branches,
>Au plus fort des envies, des sourires et du rire en tranches,
>Au plus profond des rêves, des paillettes plein les manches.
>Vous pensez que je ne suis pas étanche.
>C'est vrai. Souvent, mon imaginaire prend sa revanche.
>De liane en liane, les pensées font de l'accrobranche.
>Au-delà du réel, je me retranche, puis je m'épanche.
>Et quand je me penche, fatalement je flanche.
>Ce matin, sans raison, je comptais conter une romance romanche.
>Celle d'un Comanche d'Avranches et d'une danseuse d'outre-Manche.
>...

> *Depuis des heures, je planche, je planche*
> *...*
> *Je souhaitais que l'harmonica de l'Indien vibre sur son anche,*
> *Que la belle Anglaise fasse onduler ses hanches.*
> *Et que leur désir explose sur un chemin de canches...*
> *...*
> *D'habitude, les histoires d'amour, ça me branche.*
> *Mais aujourd'hui, rien ne s'enclenche.*
> *Tapis derrière un rideau de palplanches,*
> *Les mots s'enlisent dans le sable émouvant d'un sablier du dimanche.*
> *Silence(s) en sous-manches.*
> *Pour se consoler, on s'ouvre une bonne boutanche ?*
> *Je ne bois que de l'eau, mais je vais être franche.*
> *Moi aussi, je tiens à mon rêve. Donc, je débranche...*

Je vous embranche. Pardon, je vous embrasse.

Mimi (en pause endimanchée)

PS 1 : Nous sommes confinés ? Ah oui, c'est vrai ! J'ai oublié cette ombre, l'ombre de ces quelques mots qui ne riment pas à grand-chose.
PS 2 : Activités du jour ? Vous avez dit activités ? Comme c'est bizarre. Aujourd'hui, vous avez sûrement remarqué que c'est dimanche, et le septième jour de la semaine, c'est repos intégral. Allez, zou, je vais regarder pour la n-millième fois « Le corniaud » !

J42
(27/04/2020)

Suis pas tombée du lit. Mais ce matin, j'avais envie d'écrire. Alors, j'ai écrit.

« C'est le jour un, celui qu'on retient... Libérée, délivrée... »

Meuh non, Mimi, tu confonds tout. Louane et la Reine des neiges n'ont aucun rapport avec ce lundi qui ouvre la septième semaine de notre histoire (dois-je mettre un « H » majuscule ?) avec *Confinatus*, premier du nom. Il ne s'agit pas d'une histoire d'amour, est-il besoin de le préciser ? Mais plutôt d'une colocation avec un compagnon envahissant à la fois invisible et omniprésent. Une sorte de fantôme qui hante les nuits et qui se mue le jour en Jiminy Cricket (vous savez, le grillon bonne conscience de Pinocchio) pour seriner à tout bout de champ ce qu'il est bon de faire ou pas.

J'avoue, que même une casanière comme la *Bisounoursette* que je suis, commence à saturer de la tyrannie de ce rabat-joie briseur de libertés.

Remarquez, j'dis ça, j'dis rien pour reprendre une expression à la mode qui ne veut pas dire grand-chose. C'est un peu comme parler (en l'occurrence écrire) pour ne rien dire. Ce qui est très tendance ces derniers temps.

Voilà, c'est dit...

Cela dit, je n'ai encore rien dit de ce lundi qui s'annonce pourtant bien rempli. Hi, hi, hi ! hi ! J'ai la vague impression de m'abêtir, voire de *m'abébêtir*.

Aujourd'hui, je suis pleine d'énergie. J'ai donc prévu de ranger le placard de la salle de bains, plier le linge qui traîne, changer les draps, faire une ou deux lessives, blanchir une botte d'asperges, nettoyer la cuisine, faire mes comptes, finir mon livre actuel et entamer le suivant dans la foulée, commencer à rassembler ce journal sous forme d'un fichier global (je vous en dirai plus en temps voulu), téléphoner à celles et ceux qui comptent, faire une sieste, promener autour de la maison, regarder la télé, surfer sur WhatsApp, Messenger, Facebook et ma boîte mail (c'est fou la correspondance que Damart et Notre temps entretiennent avec moi)...

On dirait un inventaire à la Prévert (la poésie en moins) ou bien la chanson : « *La complainte du progrès* » de Boris Vian qui compte conquérir sa belle en lui offrant :

« *Un frigidaire, un joli scooter,*
Un atomixer et du Dunlopillo.
Une cuisinière, avec un four en verre,
Des tas de couverts et des pelles à gâteaux !
Une tourniquette pour faire la vinaigrette,
Un bel aérateur pour bouffer les odeurs.
Des draps qui chauffent, un pistolet à gaufres.
Un avion pour deux et nous serons heureux ! »

Je vous invite à l'écouter dans son intégralité. C'est un délice. Indémodable, Cela date pourtant de 1956.

Mais revenons à 2020, année bien pourrie, et surtout à ce lundi qui se profile sans ennui.

Je vous dirai demain si j'ai tenu tous les engagements fixés dans ma tête.

Je vous souhaite une excellente journée. Ici le ciel est superbe. Le temps d'enrober mes mots de soleil et de miel et je clique sur Envoi.

Mimi (en mode *Bisounoursette*)

PS : Je vous aime…

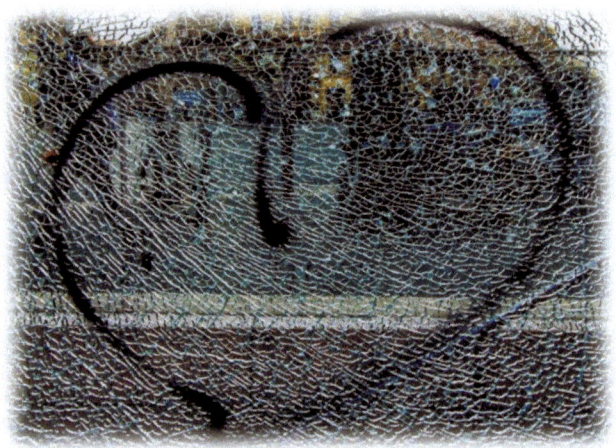

Photo Pierre Bentolila

J43
(28/04/2020)

États d'âme gris-bleutés pour un mardi de pluie. Un mardi où il n'y a rien à dire. Pas grand-chose à écrire.
Je pense à vous, donc je suis.

« *Mardi matin, l'Empereur, sa femme et le p'tit Prince sont venus chez moi pour me serrer la pince. Mais comme j'étais sortie, le petit Prince a dit : "puisque c'est ainsi, je reviendrai mercredi."...* »

Taratata ! Ce matin, personne n'a toqué aux volutes de mon portail. Pas plus de Prince charmant sur un cheval ailé (ouh là, je m'emballe ! Redescends sur Terre, Mimi !) que de facteur (dépourvu de plis, il ne sonne même plus une seule fois, ce gougnafier), ou de beurre de cacahuète en brochettes. Pourtant, j'étais à la maison.

Forcément, j'y suis scotchée telle une arapède sur son rocher depuis que *Confinatus 1er* a pris le pouvoir et que ses décrets font loi.

Il se murmure que son règne prendrait fin bientôt. Le 11 mai, il paraît. Les modalités de sa « *dés-investiture* » devant être précisées ce jour. Doit-on s'en réjouir ? J'ai pour ma part de sérieux doutes, tant « l'après » se profile incertain et chaotique. Sans vouloir jouer à la Pythie grecque, je crains que *Confinatus* fasse l'objet d'une suite. À l'instar des vagues des séries en vogue dans lesquelles les saisons s'enchaînent.

Bien sûr, il ne s'agit que d'un avis sans réel argumentaire. Une sorte de feeling émis par un pion microscopique sur l'échiquier géant de notre Planète en pause. Il est probablement urgent d'attendre sans jouer au prophète, Mimi. Donc, *wait and see*, comme disent les anglo-saxons.

Après un dimanche *off*, un lundi *on* (un peu trop d'ailleurs), me voici rendue à un mardi à mi-chemin entre *on* et *off*. Une sorte de neutre où je vais m'activer, mais sans plus. De toute façon, il pleut des hallebardes depuis ce matin. De fait, cela squeeze toute velléité extérieure.
Côté moral, ça yoyote moins. Même si les « *em...nuis* » de cette p..... d'année continuent à s'amonceler. Maintenant, ce sont les soucis de santé de mon frère aîné qui me tracassent. Pas très envie d'en parler. Peut-être plus tard, quand « ça » ira mieux.
Mais quand donc, cela s'arrêtera-t-il ? Pour une année à laquelle j'avais sottement attribué vingt sur vingt, la « *cancrelette* » s'obstine à flirter avec un zéro absolu par valeurs négatives depuis quatre mois.

Rougner contre l'adversité ne fait pas avancer le schmilblick, n'est-ce pas ? Donc, fin de la parenthèse du jour. Il est temps de reprendre le cours de la vie. La vraie. Pas celle que la *Bisounoursette*, un brin déjantée et fantasque, imagine dans son petit cœur rétréci.

Je vous envoie une perle de pluie fraîche. À demain, pour d'autres pensées.
Prenez grand soin de vous et de ceux qui vous sont chers.

Mimi (un *chouya* flagada)

PS : Chose promise, chose due. Sur l'ensemble des activités annoncées hier, j'en ai réalisé plus de la moitié. Mon dos a eu raison du rangement du placard de la salle de bains, de la promenade et de la mise en forme de mon journal. Ce n'est que partie remise. Ça tombe bien, aujourd'hui, il pleut. Je vais m'y atteler de ce pas. Si toutefois j'arrive à m'extirper de mon nid de pétales veloutés...

Photo Nick Fewings

J44
(29/04/2020)

« Voici venu le temps des rires et des chants... »
Euh, pas vraiment ! Beau mercredi quand même.

Imperturbable, le carrousel continue sa ronde.
Voici à nouveau mercredi. Toutefois, celui-ci se distingue de ses congénères par le fait d'être... tout-terrain. Je vous sens interrogateur et perplexe. N'en veuillez pas à mon imaginaire en surchauffe. Du fatras d'idées bouillonnantes est ressortie celle d'un lien (facile et facétieux) entre cette 44ème journée de *confiniture* et un véhicule 4x4. Forte de cette comparaison, j'ai pensé qu'il serait original (et bienfaisant) de monter à bord d'un mercredi crapahutant hors des rails ennuyeusement parallèles des autres jours. À nous, les chemins boueux et caillouteux, les dunes du désert (ergs et regs confondus), les pistes enneigées, etc.
Sur le manège enchanté de la vie, aujourd'hui, je choisis d'enfourcher un cheval de bois assez fou(-gueux) pour échapper à la ronde lancinante et caracoler hors des sentiers battus.

Pour emprunter ce hors-route, je vais me fier à l'inspiration du moment. Sans panneau indicateur, j'ai envie de suivre la voie (ça marche aussi avec voix) du cœur. Oubliés les contraintes, les soucis, les tracas l'espace de quelques mots posés comme ils viennent. Sans filtre. Sans tabous. Au risque d'être sans sens. Du moins en apparence. Car l'inconscient, sait sûrement où il veut me mener à travers ces chemins tortueux.

Peut-être jusqu'à moi-même ?
Pour que je cesse de fuir. De me fuir ?
Aurais-je passé ma vie à l'esquiver ? Vous pouvez répéter la question ?
Pour l'heure, je n'ai pas de réponse, mais j'y réfléchis. Promis.

Cette digression étant close, revenons à mercredi. Disons plutôt à hier. Car je voudrais faire un crochet en repartant en arrière. Je savais bien que la route d'aujourd'hui ne serait pas un long fleuve tranquille.

Donc, hier, mardi 28 avril, nous avons « découvert » à quelle sauce (aigre-douce) nous allions être mangés à partir du 11 mai. Je n'ai rien appris de bien nouveau. Les palabres en tous genres ont juste confirmé que le déconfinement se ferait à doses homéopathiques.

Il est désormais clair que la « libération » sera progressive.

Je comprends la déception de ceux qui rêvaient de sortir de cette bulle d'enfermement pour retrouver enfants, parents, amis... les embrasser, les serrer dans leurs bras, profiter de loisirs avec eux et qui ne le pourront pas en raison des restrictions qui continuent à être imposées.

Je comprends la colère des « oubliés » du 11 mai : les cafetiers, restaurateurs, hôteliers, qui ne peuvent plus faire face, les professionnels du domaine de la culture qui vivent dans un flou artistique où l'horizon reste obstinément bouché, les fleuristes privés de muguet, les horticulteurs obligés de détruire leurs plantes, les ostréiculteurs désabusés face des huitres de plus en plus grosses, impossible à écouler, et j'en oublie, bien sûr.

Du creux de mon cocon, je reconnais être chanceuse, si je puis dire, car je n'entre dans aucune des cases précédentes.
En fait, je ne ressens pas de réelle frustration par rapport à ce déconfinement qui se profile en pointillés.
Je sais déjà que ma vie ne changera pas le 11 mai. Faisant partie des personnes à risque, je devrai rester prudemment à la maison encore quelque temps. Ça tombe bien, mes envies d'évasion sont limitées. Mon objectif essentiel étant d'être en paix avec moi-même et de poursuivre le chemin le plus sereinement possible. Que ce soit sur une route bien balisée ou à travers des sentiers tortueux.
Est-ce de l'égoïsme ? *Maybe.*
Une sorte d'anesthésie ? *Maybe again.*
« *Est-ce ma faute à moi si je suis comme je suis ?* », pour mélanger les vers du poème de Prévert [10].

Il est temps de laisser reposer mon fidèle et espiègle clavier pour arpenter les routes inédites d'un mercredi tout-terrain.
Parce que c'est vous, je fais fi des gestes barrières et vous envoie une brassée de bises ainsi qu'une fleur d'amitié sincère.

Mimi (en costume d'exploratrice)

---

[10] Poème intitulé : « *Je suis comme je suis* »

Photo Annie Spratt

PS : Ah oui ! Juste une envie... qui passera. Sûrement. Ce confinement est tellement révélateur des véritables sentiments. Des vrais ! Je n'ai pas dit des tatoués (beurk !).

Photos Kelly Sikkema

J45
(30/04/2020)

Mes mots du jour ont fusé au gré des reflets d'une journée multi-facettes.
Je vous offre ces mots qui ont respiré à mon rythme.

« *Je suis contente quand c'est jeudi... contente comme une petite souris.*
Jeudi, c'est un jour que l'on aime, un jour sans problème.
Je suis contente quand c'est jeudi... contente comme une grenouille après la pluie. »
Extrait de la chanson « *Jeudi, jeudi* » datant de 1960, interprétée par Martine Havet, totale inconnue.
Eh bien ! Ça a rudement vieilli, les amis. Et c'est en total déphasage avec la réalité parce qu'aujourd'hui, moi, je me suis plutôt sentie...

<u>Flapie</u>.
La nuit dernière avait été morcelée. Une nuit interminable égrenée en code Morse, alternant périodes de sommeil (tirets) et de veille (points). « ... - - - ... ». Une nuit lourde comme un coup de poing qui met KO.
Donc, normal de fatiguer, comme on dit dans le Sud.

<u>Déconcertée</u>.
Aux premières lueurs de ce jeudi, à la fois semblable et autre, j'ai tenté de repousser les pensées parasites qui encombraient ma tête. Mais les images jouaient l'incruste tandis

qu'une armada de mots rétifs et rebelles tournoyaient telles des toupies déséquilibrées. Quel bazar ! Ça sonnait et résonnait sans raison(s).

J'ai alors plongé en apnée au cœur de ma tablette. Face à l'océan de pixels de l'écran brouillon et des touches indociles du clavier frondeur, je suis restée muette. L'inspiration avait (une fois de plus) fugué. Pfff ! L'insoumise se fout éperdument du plan de déconfinement et des couleurs de départements.

De guerre lasse, j'ai refermé le clapet de ma stérile tablette.

Chafouine.

L'escale suivante m'a transportée dans la salle de bains où j'ai joué à cache-cache, évitant savamment mon reflet dans le miroir. Trop peur de me faire peur. Bouh ! Avec mes cheveux explosés en frisottis anarchiques et mes yeux de plus en plus cernés, je craignais de croiser un suricate coiffé d'un ramboutan (litchi poilu de Thaïlande) transgénique. Un OCNI (objet confiné non identifiable) en quelque sorte.

Duale.

Vers midi, je me suis sentie à la fois pleine et vide. C'est souvent l'impression que je ressens après une séance (en vidéo, confinement oblige) avec Mirna, ma bonne fée.

C'est elle qui m'écoute, me guide et me booste depuis trois mois. Depuis que... Pas envie d'évoquer (encore !) le séisme qui m'a fracassée en tout début d'année. Mais grâce à elle et au temps *cicatriseur,* je vais (beaucoup) mieux. Mirna, c'est ma psy. Une super. Une généreuse.

Songeuse.

L'après-midi s'est émaillée de plages de repos et de réflexions oiseuses.

En toile de fond, je me suis demandé en boucle ce que réserve l'avenir. « *Est-ce que ce monde est sérieux ?* » pour plagier Cabrel. Je le crains malheureusement.

J'avoue être perdue, ballottée dans le flot d'infos contradictoires dont nous sommes submergés. Nous ne savons pas où nous allons, mais nous y allons.

Vous avez remarqué ? J'enfonce de mieux en mieux les portes ouvertes.

Introspective.

C'est un état permanent chez moi. Mais cette fois, je vais laisser la parole à Édouard Baer dont l'intervention la semaine dernière m'a bouleversée. Voici les deux passages qui m'ont le plus parlé :

« *Parfois, ce qu'on ne choisit pas dans la vie, c'est ce qui nous sauve...*

La vie, c'est ce qui se passe quand tout ce qu'on avait prévu n'a pas eu lieu... »

Si vous le pouvez, visionnez ses paroles émouvantes prononcées sur l'intemporel « *Avec le temps* » de Léo Ferré. Le lien est en référence[11].

---

[11] https://www.facebook.com/100010781596142/posts/1086532051716171

Je vous envoie une pensée de fleur-amitié pour clore joliment ce mois d'avril si spécial.

J'espère vous retrouver demain.

Mimi (finalement happy, du moins contente)

J46
(01/05/2020)

Photo Zoritsa Valova

« *En mai, fais ce qu'il te plaît.* », dit l'adage.
Alors, j'ai fait... Voici mes mots du jour, modelés dans une pâte à bonheur.

En lever de rideau du mois de mai, tant aimé pour sa charge symbolique de plaisir(s), quoi de mieux qu'un vendredi, jour béni, annonciateur de week-end, lui-même synonyme de détente et loisirs ?

Dans un monde « normal », disons celui d'avant le big bazar *coronaviral*, des millions de clochettes blanches auraient tinté. Nous nous serions souhaités tout plein de bonheur(s) en offrant (en vrai) de jolis brins de muguet.

Mais voilà, en 2020 (année que je n'aime pas, la réciproque étant avérée), il n'y aura pas de défilé, pas de vente à la sauvette, de virée en goguette dans les guinguettes, ni de promenade en goélette.

En très large partie, les brins de muguet s'échangeront en mode 2.0. Sans parfum aucun. Sans réel effet clochette, les gouttes de bonheur risquent de partir en sucette.

Heureusement, il reste les fraises gariguette pour teinter d'un air de fête ce premier jour de mai si particulier.

Aujourd'hui le ciel est incertain, jouant sur une palette pastel : bleu, blanc, gris. Ce vendredi se profile basique, banal, bof. J'entre en phase de résignation profonde. Tel un prisonnier, je compte les jours qui me libéreront de cet « *enfer-mement* ». Il en reste (en théorie) encore neuf avant que sonne, non pas le glas, mais la cloche de la sortie. Même si je sais que cela ne changera pas grand-chose dans les faits, le goût de la liberté aura refait surface. Et ce n'est pas rien dans un pays si farouchement attaché à cette valeur inestimable.

J'ai pris la liberté (justement) de piocher au hasard (hasard ? hem !), quelques vers de Paul Éluard qui l'a si merveilleusement magnifiée :

« *Sur toutes les pages lues*
Sur toutes les pages blanches
Pierre, sang, papier ou cendre
J'écris ton nom.
...
Sur l'écho de mon enfance... les champs de l'horizon... la mousse des nuages... mon lit coquille vide... le tremplin de

ma porte... le front de mes amis... la vitre des surprises... les lèvres attentives... mes refuges détruits... mes phares écroulés... les murs de mon ennui... l'absence de désir, l'espoir sans souvenir...
J'écris ton nom.

Et par le pouvoir d'un mot
Je recommence ma vie.
Je suis né pour te connaître
Pour te nommer

Liberté. »

Car, même en période de confinement, en mai, je fais ce qu'il me plaît. Et vous ?

Je vous embrasse. Prenez grand soin de vous et de tous ceux que vous chérissez.

Je vous envoie tout plein de perles de bonheur(s).

Mimi (*mugaitisée*)

PS 1 : Il paraît qu'il n'y a pas de hasard, mais que des rendez-vous, comme l'a écrit ce même Paul Éluard.
PS 2 : Le jour de la fête du travail, c'est bon de ne rien faire. N'est-ce pas ? Allez, haut-les-cœurs, les amis !

J47
(02/05/2020)

Mots d'un samedi à zapper. Vivement dimanche !

Voici samedi et je suis toute ramollie.
Depuis hier, quelques courbatures se sont immiscées (sans raison puisque je ne pratique quasiment aucune activité physique depuis un mois et demi). Le dos endolori, je me sens flapie. J'ai chaud puis froid, et inversement.
Je me persuade qu'il ne s'agit que d'un coup de fatigue sans rapport avec le vilain *Coronus,* refoulant cette tendance hypochondriaque qui me pousse à imaginer le pire au moindre signe. Signe que je guette, évidemment. Si la fièvre du samedi soir venait à se manifester, si je me mettais à tousser plus que la normale, et si... et si... Stop, j'arrête la moulinette des « si ». Pour l'heure, pas de panique. Je reste plus que jamais confinée au creux de mon cocon.

Aujourd'hui, rien de prévu, rien de précis. Ce samedi devrait couler au même rythme lancinant que le reste de la semaine. Petit bonheur du jour, à midi, c'est pizza. Il faut savoir apprécier les plaisirs minuscules, comme ceux si talentueusement écrits et décrits par Philippe Delerm[12].

---

[12] « La première gorgée de bière et autres plaisirs minuscules », un livre à déguster sans modération. (1997)

Au fil des mots que je pose, je réalise que ma prose est aussi molle que moi. Aussi insipide que le quotidien qui s'égrène sans aspérités. Par mimétisme sans doute. À cela rien d'étonnant puisque l'écriture n'est qu'un reflet de mon intériorité. En fidèle passeuse de messages, elle transcrit ressentis et émotions en mots pour les transporter hors de moi et par là même m'en alléger.

Comme il ne se passe plus grand-chose dans ma réalité depuis une « éternité », et que mon imagination commence à décliner, peut-être même à scléroser, l'écriture manque d'air. Sans commentaires.

Je puis pourtant vous assurer que je m'efforce chaque jour d'être originale et d'offrir une vision plus ou moins souriante du confinement. Mais aujourd'hui, la réalité s'impose avec son lot de *grisouilleries*. Mes mots s'enlisent dans une panade épaisse et poisseuse. Dès lors, comment les modeler, les déguiser, les faire danser, jouer à « *saute-mots-on* », glisser sur des toboggans de fantaisie, onduler en sarabande sur des montagnes russes vertigineuses ?

Je rends (temporairement) mon tablier fantasque, facétieux, déjanté et réintègre ma carapace sage, sérieuse, raisonnable. Beurk, que de vilains mots, surtout le dernier !

Je suis désolée, les amis, mais aujourd'hui, Mimi résonne au diapason de sa vie... un peu rabougrie.

À demain, en meilleure forme, je l'espère.

Mimi (en pause)

J48
(03/05/2020)

Des mots dominicaux, amicaux, musicaux.
Des mots à coquelicots, un peu cocorico, et un peu tropicaux.
Je vous embrasse (au Diable, les picots !).

Fidèle à son poste de conclusion de semaine, revoici dimanche.
Un jour qui autrefois avait un goût de fête.
Un jour où l'on farnientait au lit, où l'on mettait de beaux habits, où le repas de midi s'égayait de roses et de pâtisseries, où l'on allait se promener l'après-midi, visiter la famille ou des amis, où l'on rechargeait les batteries pour aborder le lendemain, emplis d'énergie.
Qu'en reste-il en cette période de confinement ?
Plus grand-chose n'est-ce pas, hormis peut-être la grasse mat' ? Encore plus que les autres jours de la semaine, dimanche est devenu synonyme de cocooning, pour ne pas dire laisser-aller. L'uniforme jogging-baskets (voire survette-claquettes) en est sans conteste le symbole par excellence. Les réunions de famille se sont, de fait, raréfiées, que ce soit chez soi, en pique-nique ou au restau. On ne va plus chiner dans les vide-greniers, randonner en forêt, marcher au bord de la mer, nager, se balader à vélo, visiter un musée ou une expo, taquiner un ballon de foot ou de rugby, taper dans une balle de tennis, de golf ou pointer et tirer des boules de pétanque, assister à un match entre potes, rire toute une après-midi en jouant au loto, au *Monopoly* ou à *Pictionary*

avec des amis, puisque tout cela est interdit... jusqu'à ce que nos gouvernants desserrent l'étau. Le 11 mai ? On peut toujours rêver.

En attendant, la destination la plus prisée de ce dimanche risque fort d'être le canapé avec vue imprenable sur la télé qui débite à tout-va, séries et films usés jusqu'à la corde.
Je ne sais pour vous, mais chez moi, les coussins ont pris la forme du corps. À moins que ce ne soit l'inverse ?

Pour ma part, c'est décidé, aujourd'hui je ne vais pas aller dans le sens du mouvement. Je ne vais pas buller comme une endive trop bouillie. Non ! Je vais profiter de cette parenthèse dans la parenthèse de temps suspendu, de temps hors du temps, pour... rêver.
Ce n'est pas parce qu'un infinitésimal virus à picots sorti d'on ne sait où, s'est mué en pieuvre aux tentacules infinis que je vais arrêter d'exister et de vivre.
Donc, aujourd'hui, à l'instar Gilbert Bécaud, je vais d'abord à Orly :
« ... *Sur l'aéroport,*
On voit s'envoler des avions pour tous les pays.
Pour l'après-midi, j'ai de quoi rêver.
Je me sens des fourmis dans les idées...
Pour toute une vie, y a de quoi rêver... »

Puis, j'embarquerai avec Amadou et Maryam pour le Mali parce que j'en ai envie et aussi parce que :
« *Les dimanches à Bamako, c'est le jour de mariage...*
Les djembés et les n'doulous résonnent partout,

Les baras et les n'tamas résonnent partout,
La kora et le n'goni sont aussi au rendez-vous... »

Je vous souhaite une très belle journée emplie de soleil intérieur.

Ensemble, nous en sortirons. Ne lâchez pas. *Take care.*

Mimi (nostalgique des dimanches d'antan)

J49
(04/05/2020)

Aujourd'hui peut être étiqueté J49 ou J-7 selon le point de vue. Quel que soit l'ordre du décompte (à bours ou à rebours), voici des mots qui comptent autant qu'ils content.

À l'orée de cette huitième, et théoriquement, ultime semaine de confinement, je flotte entre deux eaux. Telle une passagère bloquée en salle de transit d'un aéroport désert, j'attends l'avion suivant. Depuis ce qui me paraît une éternité, les vols succèdent aux vols. J'embarque chaque matin à bord de l'un d'eux. Comme dans une marche au hasard ou un rallye-surprise, je navigue à vue. Et chaque soir, je débarque. Retour à la case départ... sans toucher les 20 000 Francs des très vieux *Monopoly*.

Globe-trotteuse brinquebalée au gré des vents, je me sens impuissante. Lasse de cet éprouvant voyage sans fin dont l'heure d'arrivée est incertaine et la destination finale encore inconnue, je m'interroge en vain. Tout comme Toto perdu au milieu de l'océan qui demande à son père : « *c'est quand qu'on va où ?* », je n'entends qu'une seule réponse : « *tais-toi et rame !* » Grrr !!!

Je voudrais croire aux plans mouvants de notre gouvernement balbutiant et imaginer que ce lundi est vraiment le dernier du confinement. Mais... mais... Je n'arrive pas à en être convaincue. Alors, j'attends. Il reste encore sept longues journées avant d'être fixés.

Pour échapper à l'ennui et à la menace d'une sclérose de neurones confits-nés, je me suis amusée (malgré mes presque soixante-cinq printemps, je suis une incorrigible gamine facétieuse) à concocter un résumé de la situation. Voici donc ma (ré-)vision de l'histoire, peut-être même de l'Histoire.

Fin 2019, *Coronus*, vilain virus aux faux-airs de chou-fleur rouge miniature, passe du pangolin chinois, fourmilier aux allures d'artichaut géant, à l'Homme, qui, lui, ne ressemble qu'à lui-même.

Le temps de parcourir l'espace entre l'Asie et l'Europe. *Coronus* débarque en *Macronie* début 2020 en compagnie de son inséparable complice Covid-19, arbitrairement rebaptisée *Covina* par mes soins. Tous deux forment un couple infernal, si fusionnel qu'on les confond à longueur de temps. Pourtant, leurs rôles sont bien distincts dans le scénario du film-catastrophe qui fait le *buzz* sur toute la Planète.

Lui, se balade et racole tout ce qui lui passe sous le nez avant de passer le relais à sa *cops*. Elle, s'installe (ou pas), se développe (ou pas) et dégomme (ou pas) poumons, reins, *et cætera*.

Il est affreux, sale et méchant. Elle est insidieuse, vicieuse, capricieuse, insatiable, imprévisible, versatile, protéiforme, colérique (gare à ses orages cytokiniques !)...

Il propose. Elle dispose. Il sème. Elle fauche.

Bref, ces siamois-là sont viscéralement unis pour le pire et le pire.

Le temps de comprendre et d'admettre que l'épidémie, muée en pandémie, est particulièrement virulente (pléonasme), notre Président intronise *Confinatus* (premier du nom), sacré : « *Roi des Français sous cloche* » mardi 17 mars 2020 à midi. Son règne à vocation éphémère étant régulièrement reconduit depuis.

Dès sa prise de pouvoir, investi d'une mission difficile, voire impossible : stopper (ou au moins freiner) la propagation de l'intrus devenu de plus en plus envahissant, le monarque s'attelle à la tâche en multipliant les interdits. Le résultat semble probant si l'on se fie aux courbes qui décroissent chaque jour. C'est encourageant de penser que les efforts de chacun sont payants. On pourrait même applaudir *Confinatus* s'il ne s'était montré si incohérent. Je reste consternée face à sa collection de contradictions, maladresses, mensonges, aberrations (utilité des masques et des tests, attestations sujettes à interprétation, coloration erronée de départements, gestion cacophonique de l'information, pénurie de médicaments...) Et j'en oublie, bien sûr. Autant dire qu'à l'instar de nombre de Français, j'apprécie de moins en moins cet incompétent briseur de liberté(s).

Heureusement, dès lundi prochain, *Confinatus 1er* devrait être destitué (guillotiné ?) pour être remplacé par *Déconph*. Si ce nouvel intervenant du conte de faits semble plus sympathique (en raison de son nom à consonance *djeun* et de ce qu'il sous-entend en termes de recouvrement de liberté), il ne l'est pas forcément.

À l'instant « t », nul ne connait les mesures précises que *Déconph* cache dans son escarcelle. Sera-t-il progressif, répressif, réaliste ? Quelle dose de pression pourra-t-il lâcher pour atteindre un point d'équilibre permettant à l'économie de repartir et à la société de retrouver un minimum de repères à tous niveaux (familles, amis, éducation, loisirs...) sans que le spectre d'une deuxième vague d'épidémie ne se mue en réalité ?

Nous en saurons davantage jeudi prochain.

En attendant, je pense qu'il est temps de conclure ma prose du jour.

Je vous envoie une brassée de pensées ensoleillées.

Mimi (*Bisounoursette* en habit de Comtesse, conteuse de faits par intermittence)

Photo Evita Otchel

J50
(05/05/2020)

Mots ni modèles ni rebelles, reflets d'un mardi un peu grêle. Sous mon ombrelle de ménestrel, je joue à la marelle. Et naturelle, je vous envoie un baiser aquarelle.

« *Ciel, mon mardi !* » Cela ne nous rajeunit peut-être pas, mais constitue une introduction sympathique pour imprimer la tonalité du jour.
    Un jour bleuté. Un jour bleuet. Un jour belette, bête, blette, bluette... Bon, d'accord, j'arrête.

    Habituellement, le mardi est une journée bien remplie. Le matin, expression théâtrale (tous les quinze jours) et pétanque l'après-midi (tout le temps). J'avoue que cela me manque. Presque deux mois que je n'ai plus joué ! Je crains fort de pointer comme une savate (voire babouche) quand l'activité reprendra. D'ailleurs, reprendra-t-elle ? Et dans ce cas, la reprendrai-je ?
    Je me rends compte chaque jour davantage que j'appréhende de sortir de mon cocon. Depuis le 13 mars, je n'ai pas pris la voiture, ne suis pas descendue en ville, n'ai croisé que deux ou trois voisins et une dizaine de passants (chiens, chats et bébés confondus) lors de mes courtes promenades autour de la maison. Le seul être humain que je côtoie depuis deux mois est mon mari.
    Heureusement, la cohabitation se passe bien. Même mieux que je ne pouvais l'imaginer. Sans réelles tensions. L'épreuve du confinement aura au moins eu cette vertu-là.

Cependant, en ce qui me concerne, le plus dur reste à venir.

Je suis sans doute à contre-courant du mouvement, mais j'avoue redouter le moment où il me faudra (re-)sortir. Où il n'y n'aura plus d'excuse ni d'alibi pour justifier de rester à la maison. D'évidence, je vais repousser l'échéance à grands coups de : « *demain...* ». J'ai une grande expérience en matière de procrastination. Mais, tout a ses limites. Je ne pourrai pas reculer indéfiniment. Il faudra bien qu'un jour, je réalise dans l'instant ce que je ne pourrai plus remettre aux calendes grecques. Émerger d'« *un jour sans fin* » pour plonger dans « *retour vers le présent* » nécessite une bonne maitrise de la nage en eaux à remous. Et comme le sport n'est pas mon fort, la transition risque d'être rude.

Aïe ! Me sens pas claire, du coup.

Enfin, je verrai en temps voulu. Inutile d'anticiper.

En parlant de projection, la phrase de Mark Twain me revient en mémoire. « *Dans ma vie, j'ai eu beaucoup de soucis dont la plupart ne sont jamais arrivés.*[13] » J'ai toujours pensé en faire ma devise, alors que je passe mon temps à ne pas l'appliquer. Et même à faire le contraire. Ou bien est-ce l'inverse ? Je n'ai jamais bien su faire la différence entre ces deux notions, l'une étant plus restrictive que l'autre, il me semble.

Re-aïe ! Suis vraiment pas claire, là.

---

[13] Traduction libre de la citation originelle : « *I've had a lot of worries in my life, most of which never happened* ».

Pour revenir à aujourd'hui et aux activités connexes, je n'ai strictement rien prévu de particulier. Il y a comme un p'tit air de déjà écrit, vous ne trouvez pas ? Forcément, avec du vécu vu, vu, et re-re-vu, il est difficile d'être originale et de se renouveler. Même quand l'imaginaire est débridé et un brin débordant.

Désolée, les amis, mais aujourd'hui, il faudra vous contenter de mots étiques qui ne font que traduire la minceur de journées dépourvues de substance.

Je vous enveloppe dans mon cœur. Vous m'êtes précieux.

Mimi (parée pour un mardi pépère)

PS : Extrait du journal de bord de ma boussole perso : ciel bleu, mer calme, avis de tempête néant. Prochaine escale prévue demain.

J51
(06/05/2020)

Mots du mercredi. Un peu en vrac. Sans réelle homogénéité. Désolée pour le puzzle.
Ce ne sont que des mots.

Roulements de tambours...
« *Oyez, oyez, bonnes gens ! Aujourd'hui, mercredi, jour jadis béni des petits et des moins petits, les p'tites souris sont de sortie. Pour la circonstance, nappé de nuages de lait, le ciel sourit en rose-bleu-gris. À travers ses rayons voilés, le soleil joue au mistigri. Le temps d'une éclipse, le temps s'effacera en catimini. Et Mimi aussi.* »
Re-roulements de tambours.

Voilà ce que l'on arrive à écrire en touchant le cinquante-et-unième degré de l'échelle d'un confinement qui frise l'étouffement. *Sorry*, les amis. S'il m'arrive de dériver un peu trop loin des berges de la réalité, c'est juste pour ne pas étouffer précisément.
Cela étant écrit, j'en reviens à mercredi et aux « sérieuses » pensées qui me traversent.

Quelle que soit la couleur de la piste (verte, bleue, rouge ou noire), chaque jour, chacun chausse des bottines de sept lieues pour dévaler la pente de sa vie. Le temps glisse au gré des événements ; au rythme de la perception du moment. Plus ou moins bien. Plus ou moins mal. C'est selon.

Vu de ma minuscule lucarne, j'ai la sensation que l'espace se contracte et le temps se dilate. Comme si le confinement avait déformé l'espace-temps. Sur ma montre molle (merci au génial Dali de l'avoir créée), les heures hoquettent et s'engluent plus qu'elles ne glissent. Forcément, les jardins d'enfants sont fermés. Exit les glissades sur les toboggans à l'abandon, les bercements sur les balançoires délaissées et les pâtés dans les bacs à sable désertés.

Depuis huit semaines, les grains du temps ripent sur les parois d'un sablier grippé, disons plutôt *coronaviré*. Pas *cool*, toutes ces journées qui coulent goutte-à-goutte à travers les mailles d'un quotidien tricoté trop serré.

Besoin d'air. Envie d'espace. J'aimerais tant que le temps cesse de prendre son temps pour que renaisse la vie dans cette vie dépourvue de vie(s).

J'ai la vague impression qu'à l'image du temps, ma glissade de mots est du genre chaotique aujourd'hui. Ça patauge dans la boue. C'est mou. Lent et lancinant. Sans rythme. Sans fil conducteur. Bref, c'est *schtroumpf*.

Ne m'en veuillez pas. Je tente seulement d'échapper à la sensation d'enfermement qui me pèse. Comme vous, lui, elle, eux... je m'évertue à endiguer l'angoisse et à gruger l'ennui inhérents à cette situation inédite. Certains peignent, d'autres dansent, lisent, composent, jardinent, cuisinent... moi, je m'évade par le canal de l'écriture. Les mots ne sont que des bateaux qui m'entraînent au loin. Loin de mes tracas, mes déceptions, mes obsessions... Loin de ma condition d'être (trop) humain.

Sur ces paroles, je vous laisse. Aujourd'hui, je vais faire comme les tous les autres jours. Juste continuer à vivre.

Je vous envoie des pétales d'amitié à effeuiller un peu, beaucoup, à la folie...

Photo Kelly Sikkema

Mimi (sur le chemin de la vie ou en vie ?)

PS : À demain. Vous me manquez déjà.

J52
(07/05/2020)

Pour vous tous et particulièrement pour mon frère Paul, voici mes mots du jour. Des mots joueurs et des mots fleurs en cadeau.
Je vous enveloppe dans mes pensées

C'est le jour J ! J comme jeudi. J comme je et surtout jeu. J comme joujou, jujube, joker... Bref, un jour *d'hui*, voire de huis clos qui souffle en force quatre sur l'échelle de la semaine qui compte sept niveaux. Ça tombe bien, nous sommes le 7 de cet inoubliable mois de mai.

Aujourd'hui, Paul, mon frère aîné, fête soixante-dix-huit printemps ! Je ne pourrai pas aller l'embrasser mais il sait combien il compte pour moi. Et combien je l'aime. Je lui souhaite tout plein de bonheur(s) pour de nombreuses années à venir avec sa compagne adorée et suis vraiment ravie qu'il soit parfaitement remis de son récent problème de santé. Merci à toutes les forces de l'Univers ainsi qu'à la science et la médecine qui parfois font des miracles.

C'est aussi aujourd'hui qu'Edouard le grand, premier homme-dalmatien à barbe noire à pois blancs, va préciser les détails de notre « libération ».
Je l'imagine déjà jongler avec des crayons de couleurs et les pièces d'un puzzle hexagonal. Constellation de points noirs au-dessus des départements teintés de rouge à gauche, éclaircies en

vue pour ceux en vert à droite. Non, pardon, en vert à l'Ouest, en rouge à l'Est. Manquerait plus que notre dalmatien soit daltonien.

Avant le show, dans son costume de croupier en chef, Edouard prévient : « *Faites vos jeux, rien ne va plus !* ». Puis il lance une minuscule boule blanche sur une roulette qui tourne, tourne, tourne... comme un manège désenchanté. La boule s'arrête sur le 7 (mai) rouge, impair et manque.

Eddy relance. Cette fois, la bille tombe sur le 20 (année) noir, pair et passe.

Nerveux, ses doigts récupèrent la boulette avant de la rejeter rageusement. Une nouvelle ronde s'amorce. Un rictus consterné coincé sous son bouc bicolore, Ed annonce la couleur : « *Les jeux sont faits, rien ne va vraiment plus !* » Cette fois, la sphère facétieuse termine sa course folle sur un zéro pointé, vert, sans parité, ni manque ni passe.

Trèfle de plaisanterie, cet après-midi, il va y avoir du sport sur les chaînes de télé. Ça manquait... Euh, pas tant que ça ! Après, on refera le match. Ou pas.

En attendant le découvrir les nouvelles règles du jeu, je suis allée me promener autour de ma maison. Le ciel n'était ni rouge ni vert. Nimbé d'un camaïeu de bleu, je le sentais heureux. Je me suis mise au diapason. De jolies notes de musique accompagnaient mes petits pas lents. L'ombre de ces instants, je me suis sentie bien. Vivante.

Je vous envoie une parcelle de cette vie sous les pétales merveilleusement odorants des roses que j'ai photographiées en chemin.

Je vous embrasse en espérant vous retrouver demain en pleine forme, comme la lune du jour.

Mimi (de mieux en bien)

PS : Voici les fleurs « cueillies » pour vous.

Rosiers sur le chemin de ma promenade du jour

J53
(08/05/2020)

Aujourd'hui, je me suis réveillée aux aurores. Pourquoi ? Sais pas. Mais que fait Mimi quand elle tombe du lit un vendredi ? Eh bien, elle écrit, pardi !
Allez, hop, livraison de mots tout chauds !

Vive le vent, vive le vent, vive le vendredi !
Oui, vive ce vendredi qui a une place privilégiée dans le carré V.I.P. du calendrier. Trop fort d'être à la fois férié (vive la victoire !) et d'amorcer le tout dernier week-end de la série « Confinement » dont les huit épisodes diffusés en France ont battu tous les records d'audience et d'addiction.
En effet, le grand *Edouard-Barbapois*, producteur en chef de ladite série l'a confirmé officiellement hier : la saison 1 prend fin lundi prochain.
Ouf ! Chantons en chœur : « *libérés, délivrés...* »

Tététété... Du calme, Mimi ! La flopée de réserves, restrictions, conditions, précautions et exceptions annoncées prouvent qu'il s'agit moins d'une libération que d'une levée d'écrou très progressive. Les portes ne font que s'entrebâiller.
Alors en sourdine la chanson du « ouf ! » en question.

Cela dit, quel que soit l'angle d'ouverture des portes, c'est déjà une avancée.
Pour ma part, je compte savourer cette liberté retrouvée à doses homéopathiques. Car il me faut rester très prudente vis-à-

vis de *little-big-Coronus*. Les alvéoles de mes poumons fatigués ne le supporteraient sans doute pas.

Pour le bien-être de chacun, j'espère que l'infâme ne reprendra pas trop de poil de la bête au cours des jours à venir. Une saison 2 de la série : « Confinement » serait proprement insupportable. Insupportable et invivable à tous niveaux.

Mais je suis bien sérieuse aujourd'hui. Est-ce la perspective d'une fin proche pour ce journal qui a été plus qu'une béquille au cours de cette séquence inédite de vie ?
Maybe.

Aujourd'hui, je ne trouve pas les mots pour exprimer ce que je ressens au plus profond. Je me sens seulement grandie par l'expérience. Grandie et renforcée. Même si cela paraît paradoxal, j'ai apprécié l'empreinte de chaque jour. Parfois lourde de la lassitude, l'ennui, la peur. Parfois plus légère de l'espoir, l'introspection, le partage.
Je sais que cette période aura été celle du lien. Révélatrice des VRAIS liens.
Aussi, je remercie celles et ceux qui m'ont fidèlement suivie.

Et même si je le dis peu, je le pense et le ressens très fort. Je vous aime.

Mimi (émue)

PS 1 : Je me suis lâchée, mais il reste encore deux jours pour distiller les mots stockés dans le sas de déconfinement. Donc, à demain.

PS 2 : Et puis, à partir du 11 mai, je peux toujours faire un journal de déconfinement. Juste pour dépeindre la face masquée de la vie sous contrainte (distances imposées, (cent kilomètres maximum autour de chez soi, un mètre minimum des autres), restaus, cinés, théâtres fermés, accès aux plages interdit, transports et déplacements hyper contrôlés...)

PS 3 : Activités du jour ? Sortir de ma coquille, respirer et sourire... D'autant que le ciel est sûrement tout bleu.

J54
(09/05/2020)

Mots nomades pour un samedi coloré d'onomatopées variant du gris-bof au rose-ouf.
Rendez-vous demain pour le dernier épisode de ce journal.

Qu'écrire quand seules de glauques onomatopées émergent du clavier engourdi ? Bof, bah, arf, tss, pfff, beurk, pouah, beuh, yep, plouf, re-pfff, grrr... Aïe !
Face à l'écran, silence, moue de dégoût, haussement d'épaules. Autant de signes de dépit pour crâner : « *même pas mal !* »
Mais pourquoi suis-je *schrogneugneu* ce matin ? L'influence de la récente pleine lune, le ciel gris-perle, le vent incessant ? Re-re-pfff !

Nous sommes pourtant samedi, jour chouchou de la semaine. En plus, celui-ci est le dernier du confinement. Autant de critères pour se réjouir. Alors, je réitère ma question. Pourquoi cet état d'âme chafouin ce matin ?
Évidemment, l'interrogation s'évanouit dans l'air ambiant. Certains murs ont peut-être des oreilles, mais les miens sont sourds. Sourds et muets, qui plus est. Vous avez déjà entendu un mur parler, vous ? Pas moi.
Ils peuvent certes trembler, se lézarder, se fendre, tomber, pleurer de honte et même se lamenter, mais parler ? Je reste sceptique. Même une notice de décryptage de leur langage ne me ferait pas changer d'avis.

Mais revenons à l'humeur du jour et aux murs durs de la feuille-pierre de ma chambre. Impassibles, ils demeurent sans écho aux rebonds de mes réflexions incessantes. Ce carcan de moral yoyotant au gré des caprices d'un mental tyrannique m'étrangle de plus en plus. Re-grrr !!!

Le regard ondule. Au bout du mur, la porte... Et si la clé se cachait là ?

Ça vous dirait de « *faire le mur* » et de prendre « *la clé des champs* » pour « *faire la vie buissonnière* » le temps d'une fugace évasion hors de la réalité ?

Allez, hop, c'est parti !

Où êtes-vous ? Dans les bois ? Un sous-bois ? Le pavillon d'un hautbois ? Les trois à la fois ou tout autre endroit de votre choix ? Exit le confinement étroit et rabat-joie ! Promenez-vous où ça vous chante. L'essentiel est d'être à l'aise dans votre tête et vos baskets.

Pour ma part, j'atterris dans un jardin d'enfants sous un soleil d'hiver. Je me revois sagement assise sur une petite balançoire à arceaux.

J'ai cinq ans. Peut-être six. Frêle puce dans son manteau cerise au col de peluche miel, je ferme les yeux. Maman me berce doucement. Me parle tendrement. Je n'entends pas ses mots qui se fondent dans la brume de ma rêverie.

Au rythme du bercement, j'imagine une vie aux antipodes de la mienne. Mon costume de poupée sage, sérieuse, réservée et obéissante est trop étriqué. La petite fille modèle voudrait grandir et devenir aventurière courageuse, rebelle conquérante, artiste ou scientifique émérite...

Sur la balançoire, un parfum de chocolat et de fleur d'oranger, chatouille mes narines gourmandes. La rêverie s'interrompt. J'ouvre les yeux. Maman me regarde en souriant. « *Tiens, ma chérie !* » Je saisis le petit gâteau qu'elle me tend, la remercie et croque dans le délicieux sablé avant de refermer les yeux pour mieux savourer l'instant. Mmm !

Le brouillard de l'émotion estompe la fillette sur sa balançoire. Six décennies plus tard, une boule de nostalgie serre ma gorge. Je repense au sourire de Maman. Je revois son regard bleu. Si bleu, et si bienveillant !

Je garde à jamais son amour incrusté dans mon cœur d'enfant.

On ne sait jamais ce que l'on va trouver au-delà du mur. Aujourd'hui, le « hasard » m'a catapultée au pays de mon enfance parfumée de senteurs sucrées. Et vous ?

Même si cette échappée ne m'a pas vraiment éclairée sur les raisons de l'humeur mi-figue, mi-raisin de ce samedi rabougri, elle a éclairci l'horizon en chassant une partie des nuages intérieurs. Espérons que demain, il n'en restera rien.

La journée a démarré sur une partition d'onomatopées désabusées. Elle se conclut sur une note plus enthousiaste. Youpiiiii !

Je vous envoie des bises en bourgeon et un très gros smack.

Mimi (heureuse d'avoir voyagé en votre compagnie)

PS 1 : Demain, *the last (day) but not the least de ce journal*, j'aurai de bonnes nouvelles à vous annoncer. Mais chut. Encore un peu de patience !
PS 2 : Mes rêves d'enfant sont restés en l'état. Mimi n'a pas la fibre de Dora l'exploratrice ni le talent de Marie Curie. Argh !

J55
(10/05/2020)

Mots ultimes et intimes pour vous enrober de toute mon amitié. On ne badine pas avec la vie.

Voici le dernier jour de cette séquence de vie inédite.

Le tournage du film à la distribution exceptionnelle, puisque que nous y avons tous participé en interprétant (vivant ?) notre rôle du mieux possible, a duré cinquante-cinq jours.

Comme un clin d'œil du hasard, ce nombre correspond à mon année de naissance. Est-ce pour me signifier une sorte de *renaissance* ? Peut-être. Ou peut-être pas.

Quoi qu'il en soit, le clap de fin est pour aujourd'hui dimanche, qui, pour la circonstance, a mis son bel habit de ciel bleu-gris brodé de nuages de dentelle blanche.

La cérémonie de clôture sera brève. Je n'ai jamais apprécié les discours à rallonge, les remerciements à tiroirs, ni les adieux larmoyants.

Je me contenterai donc de vous tirer mon chapeau et ma révérence en vous remerciant de votre fidélité, vos appréciations et vos commentaires touchants. Vous avez été d'une aide essentielle, même vitale, en cette période singulière.

Prenez grand soin de vous et des vôtres.
La vie est un cadeau précieux. Je vous aime.

Mimi (toute chose)

PS 1 : Ah, j'ai failli oublier ! Euh, pas vraiment ! L'idée me trottait depuis un certain temps et je vous l'annonce maintenant. J'ai décidé de publier ce journal. Donc, si vous le souhaitez, vous pourrez en (re-)feuilleter l'intégralité, y compris les passages plus personnels non publiés sur Facebook. Pour le titre, j'aime bien : « *Pétales d'un printemps buissonnier* ». Qu'en pensez-vous ?

PS 2 : En mémoire à ma douce Maman, je veux croire que lorsqu'une porte se ferme, c'est toujours pour qu'une plus grande puisse s'ouvrir. D'ailleurs, mon amie Maryse m'a suggéré de poursuivre avec un journal de déconfinement, (disons plutôt de post-confinement). Quoi qu'il en soit, j'y réfléchis. Et vous, qu'en pensez-vous ?

Photo Annie Spratt

Épilogue
(12/05/2020)

Et maintenant que l'heure du déconfinement est venue. *Que vais-je faire de tout ce temps que sera ma vie ?* Pardon Monsieur Bécaud de vous plagier.

À cet instant, j'ignore encore comment la situation va évoluer et comment les jours, les semaines et les mois à venir vont se dérouler.

L'indécrottable *Bisounoursette* qui sommeille en moi voudrait croire que le méchant *Coronus* sera éradiqué avant l'été 2020. La magie de la pensée me pousse à imaginer qu'un *pangodingue* géant l'aspirera ; que les picots du gueux fondront sous la langue écailleuse du fourmilier qui bavera à la barbe d'une *artichauve-souris* dont les ailes serviront d'estafette pour expédier le poison vers une autre galaxie.

Ce serait chouette, mais soyons un brin sérieux et revenons à la réalité.

Le virus et la maladie sont encore bien présents. Un vaccin en viendra-t-il à bout ? Je n'en sais absolument rien, n'ayant aucune qualification dans le domaine. Aussi je préfère me taire. Et continuer à espérer.

Pour moi, ces phases de confinement et de déconfinement ne sont que des passerelles vers... un Monde meilleur ? Hem ! On peut seulement l'espérer. Une seule certitude : notre Monde sera différent. D'ailleurs, il l'est déjà.

Après huit semaines de pause, je me sens comme une funambule engourdie. J'avance avec prudence sur le fil fragile de cette nouvelle zone de turbulences. Mes pas sont flottants. J'ai peur de vaciller et de trébucher. D'autant que l'ombrelle interne censée me servir de balancier a souffert ces derniers mois. Sur l'armature bosselée, la toile élimée est trouée, hérissée de baleines retournées. Si j'ajoute qu'un ruban boursouflé d'interrogations perturbe mon esprit, imaginez la précarité de mon équilibre !

Cela dit, je reste confiante en l'avenir et en la bonne étoile de l'Univers.

Je vous envoie un bouquet de bises fleuries.
À bientôt. Peut-être !

Mimi (en vie)

PS : Du fond de ma cabane, j'aurais encore un tas de choses à vous écrire. Par exemple qu'il faut toujours croire en la beauté de ses rêves ; que les épreuves sont des cadeaux de la vie ; qu'aujourd'hui est le premier jour du reste de nos vies ; que l'Humanité en sortira sûrement grandie ; que… ; que… ; et encore que…

De la même auteure :

- *Fulgurumelles en Cathy-Mimi*
  Recueil de fulgures écrit avec Cathy Peintre
  Édilivre, 2009.
- *Femmes du Monde*
  Recueil de nouvelles
  Jacques Flament Éditions, 2015.
- *Dessine-moi un Amour*
  Recueil de nouvelles
  Jacques Flament Éditions, 2016.
- *Alice - Couleurs d'enfance*
  Roman
  Passion du livre, 2018.
- *Frisottis de vie*
  Recueil de nouvelles / Journal
  Books on Demand, 2019.
- *Je rêvais d'un autre monde…*
  Roman
  Books on Demand, 2020.